COLETTE

Chambre d'hôtel

suivi de

La Lune de pluie

FAYARD

CHAMBRE D'HÔTEL

NOUVELLES

Ce n'est pas à la longue que j'ai pris l'habitude de me méfier des gens insignifiants. D'instinct, je leur reprochai toujours de s'attacher au passant robuste, comme fait l'anatife... Le mollusque à cordon extensible me dégoûte depuis que j'ai découvert les anatifes humains. Nous tardons trop à comprendre que ceux-ci, purs de malice personnelle, sont des délégués de l'obscur, chargés d'établir notre liaison avec des êtres qui n'ont pas d'autre chemin pour accéder à nous.

Quand je faisais du music-hall, Lucette d'Orgeville disait que j'étais son amie. Je la laissais dire, car elle se contentait de peu, et notre intimité se réduisait aux « Ça va? » de loge à loge et à des considérations météorologiques. « A la revoyure! » disait-elle, quand je la perdais à l'Olympia, la quinzaine finie, pour la retrouver l'hiver suivant à l'Empire, avenue de Wagram. Elle appartenait, mi-galante, mi-artiste, à une catégorie que le music-hall a rejetée, et qui n'a jamais compté que de rares représentantes. Les vrais artistes ne frayaient pas avec elle. Je me souviens qu'une petite athlète de la mâchoire, âgée de seize ans, qui soulevait entre ses dents courtes une table de cuisine sur laquelle sa mère se tenait assise, n'eût pas adressé la parole à Lucette d'Orgeville, et les Vénus-Sisters ne se souciaient point de lui céder le pas dans l'étroite entrée des coulisses.

Mais moi qui n'étais artiste que par accident, je ne montrais pas la même rigueur et je liais conversation avec Mlle Lucette d'Orgeville, danseuse à transformations, à qui manquaient la maîtrise de soi, la chasteté et le long souffle des vraies danseuses. Elle changeait d'humeur selon sa chance, et s'irritait parfois du silence de ses voisins, le comédien musical milanais, l'illusionniste international, ou la célèbre famille Schwartz, intègres équilibristes allemands, distants et courtois comme des princes, unis comme une tribu nomade.

Il n'est nullement indispensable à l'intelligence de ce récit que je m'étende longuement sur Mlle d'Orgeville. Mais c'est que j'y prends du plaisir, un peu comme je parlerais du mégathérium, ou de la poire, introuvable, de Messire-Jean. Lucette se présentait sous l'aspect agréable d'une jeune femme un peu doublée du râble, châtaine passée au blond d'or, saine et joliment construite. De l'épaule ronde au sein en demi-pomme, du ventre, léger mais non point plat, à la cheville, en passant par le genou effacé et frais, elle n'avait rien qui ne fût estimable, et le revers de sa personne était à l'avenant. Vous comprendrez très bien le caractère de sa beauté, quand j'aurai signalé que Mlle d'Orgeville eût pu choir en scène, fuir toute nue un incendie, perdre sa robe dans la rue, sans que de telles conjonctures imprévues et diverses ne tournassent à sa gloire, aussi bien qu'à son profit.

Son sketch – on disait « numéro » – de pantomime

et de danse, réglé en conscience par Georges Wague et Mlle Beauvais, lui fut vite lourd. Elle « esquivait », remplaçant un arrêt sur pirouette par un baiser jeté au public, un taqueté par des clins d'œil libertins et des claquements de doigts. D'un passage chez Paul Franck, à l'Olympia, elle tombait à une tournée, hors saison, dans des villes de troisième ordre; puis on lui voyait soudain un coupé et deux chevaux, devant le Moulin-Rouge-Music-hall.

Une fois elle me confia : « Je pars à Saint-Pétersbourg! » Consciente des risques et des devoirs, elle ajouta : « Il faut ce qu'il faut. » Elle en revint quatre mois plus tard, fourbue sembla-t-il, avec un petit tressaillement d'un côté de la bouche, une expression de stupidité et de frayeur qui en disaient long. Entre autres dépouilles elle ramenait un grand manteau sans prix, en zibelines sombres, doublé pareillement de zibelines, – « mon réversible », disait-elle –, qu'elle mettait tous les soirs pour aller manger la gratinée chez Palmyre, place Blanche, et le matin pour faire son marché. Elle rapportait aussi tout un chargement d'émeraudes, les unes troubles, vaseuses comme l'eau d'un gave pendant la fonte des neiges, les autres pures, énormes, d'un vert où passait un indicible et sublime feu bleu, montées pêle-mêle dans une grosse maçonnerie d'or.

Et puis je ne pensai plus à Mlle d'Orgeville, simplement parce que nos chemins cessèrent, pendant un temps assez long, de se croiser. Je la trouvai quasi sous mes pieds, au Bois de Boulogne, un jour que j'y suivais ma chienne en quête de lac, d'herbe tendre et de pommes de pin. Assise à même le gazon, tête nue, Mlle d'Orgeville tenait par le cou, d'un bras, un jeune homme bien fait dans sa stature moyenne, châtain un peu roux et les dents sans défaut, qui, à force d'être de la même race qu'elle, lui ressemblait comme un frère. Au grand jour de la clairière, on voyait que c'était un frère cadet. Mais Lucette avait bonne mine, et l'œil doux, l'œil d'une femme qui n'a pas de femmes à combattre.

Après les récris et les bonjours, elle me présenta son compagnon :

– C'est Luigi. Vous savez bien, Luigi.

En effet, ma mémoire me rappela le modeste et solide assistant d'un numéro de trapézistes, qui veillait aux agrès, aux crampons fixés dans le plancher, serrait les nœuds et passait une flanelle sur les barres nickelées.

– Mais oui, c'est Luigi! Ça va, Luigi?

– Vous pouvez le dire que ça va! répondit impétueusement Lucette. On part incognito tous deux, dans la montagne au-dessus de X...-les-Bains, pas plus tard que dans dix jours. Un mois et demi de vacances. Un petit chalet, coquet. Le bon air, les espadrilles, le lait chaud...

– Et l'amour, achevai-je.

Lucette ne fit aucun commentaire, que de regarder Luigi. Ayant tiré d'une mallette en pégamoïd les apprêts d'un pique-nique modeste, il serrait entre ses genoux, pour le déboucher, un litre de vin rouge. Il imita avec sa bouche le bruit du champagne qui explose et qui mousse, et goûta le vin à même la bouteille.

– Petite frappe, dit Lucette flatteusement. Tout du mécano. Une vraie beauté de garage.

Elle se pencha à mon oreille, et me confia :

– Et avec ça il cuisine de première. Les pieds de mouton poulette, l'entrecôte Bercy...

Elle fit le geste de se lécher les doigts.

– D'autant, dit-elle sagement, qu'il faut aller à l'économie, ces temps-ci...

Je crus inopportun de demander ce qu'avaient pu devenir le « réversible » et les émeraudes, et je souhaitai bon appétit aux deux amoureux. A la souplesse avec laquelle Luigi se releva sans toucher la terre des mains, à sa démarche balancée et sa taille mince bien d'aplomb sur les hanches étroites, je jugeai que Lucette n'avait pas mal choisi son soutien du cœur.

L'idylle devait se défleurir en son commencement. Quinze jours plus tard, je rencontrai Mlle d'Orgeville dans la rue. La mode était au taffetas et Lucette, du mantelet ruché au volant en forme, bruissait de soie gorge-de-pigeon. Distraite, mais toujours sociable, elle répondit, quand je lui eus demandé : « Quoi de neuf? »

– Pas grand-chose. Je sors de mon couturier. C'est insensé ce que les robes vont nous serrer les fesses l'hiver prochain.

Sur son chapeau un plumage de paradis, d'un gris rosé, aussi léger qu'un brouillard, se couchait sous la brise et taquinait la joue et le coin de la bouche de Lucette. Elle empoigna les brins précieux, les arracha avec indifférence et les jeta. Ses yeux enfin se posèrent sur les miens, et elle soupira d'une voix molle :

– Ah, qu'est-ce qui me tombe...

Les mots lui manquèrent et elle leva les deux avant-bras à la fois, comme s'ils étaient liés de menottes. De gros diamants carrés, des brillants taillés en navettes, des bracelets, des pavés de pierreries jetèrent au soleil leurs feux ingrats.

– Vous comprenez que dans ces conditions-là, il ne peut plus être question de chalet dans la montagne...

Elle se tut. Sa réserve me donna la mesure d'un chagrin sincère. On ne console pas une jeune femme accablée d'un bon demi-kilo de diamants.

– Vous ne le prendriez pas, vous, ce chalet? Pensez, trois cents francs pour six semaines. Le voulez-vous à l'œil, même? C'est de bon cœur! Je suis dégoûtée de tout...

– Je ne pensais pas, cette année...

– C'est ça, ne pensez pas! Cette année, il ne faut penser à rien, ça vaut mieux!

Elle rit, en se forçant. Elle ressemblait, les yeux dorés et la cloison du nez tirant un peu la lèvre supérieure, à Mme Émilienne d'Alençon.

– Je préférerais, dit-elle pour me décider, que ce soit une personne de connaissance qui demeure dans ce petit chalet. Oui, je préférerais. Je prends le bateau dans dix jours.

Elle n'insista pas; mais je compris, à sa réserve même, que diamants, aigrettes et voyages pouvaient sembler sans attraits en comparaison d'un chalet dauphinois et de Luigi, le tout n'excédant pas, pour six semaines, trois cents francs. Et si je cédai, c'était peut-être pour ne pas laisser tomber la conversation...

Lorsqu'elle vint chez moi, le surlendemain pour « faire affaire », il y eut encore quelques paroles de résignation. Elle me dit qu'on ne fait pas toujours comme on veut, que la raison parle quelquefois plus haut que le cœur, et que souvent le mal tourne en bien... Mais ses confidences s'arrêtèrent là.

Sur le plateau et les verres à porto, sur le drap de

la table à jeu, mordu par les cigarettes, les pierreries blanches de la nouvelle riche lançaient des feux violets, oranges et bleus, et je pensais à une église de village dans laquelle, enfant, j'allais jouer, avec d'autres petites filles, à « mettre un masque » en passant et repassant devant les vitraux. Sans respect pour le lieu consacré, nous criions à mi-voix : « J'ai le nez bleu! J'ai le front jaune! » Une, plus effrontée, s'écria : « J'ai le derrière rouge! » et les autres lui promirent qu'elle irait en enfer...

Ainsi je devins sous-locataire, au prix coûtant, du chalet « Le Brimborion ». Au dernier moment, je faillis me dédire, – à cause du nom.

En quittant Lucette, je maudissais ma pusillanimité, que je me garde de confondre avec l'esprit d'aventure. Qui diable a voulu me persuader que je fusse douée d'un instinct aventureux? Tout au plus sais-je dire à l'aventure le « oui » précipité qui croit acheter la paix. Encore une fois j'avais dit « oui », pour avoir la paix. Et aussi à cause de ma chatte que je trouvais désoxygénée par une longue année d'appartement. C'était une rayée, ramassée aux champs où la misère des bêtes est grande. Sauvage d'abord, grimpant aux murs si je l'enfermais, elle avait pris confiance et courage, jusqu'à devenir, – du moins elle le croyait –, la Reine des Chattes. Elle usait de l'ascenseur, mangeait au bistrot, montait en taxi, et voyageait dans le train comme une personne, jouant d'une froide et admirable figure classiquement bigarrée, et d'une paire d'yeux verts, d'un éclat surnaturel. Un jour que je l'admonestais, elle me sauta au visage, sans trop de griffes, mais pour le principe et le protocole. Sur les questions de préséance, il est peu de chattes qui consentent à transiger. Ce sont les matous qui discutent, et s'humilient, sous condition qu'on ait l'air de prendre au sérieux leurs palabres, hymnes guerriers, battements de queue et autres parades de pure intimidation.

La rayée s'était d'abord nommée Péronnelle, puis Prrrou. Ce sont des noms que vous trouverez aux pages de mes vieux romans. Mais ces noms s'effilochèrent sur elle comme vêtements de mauvaise qualité. Elle devint une chatte hors série, et l'on sait bien que les chattes à grand caractère n'ont pas besoin de nom. Elle s'appela : « Viens! » Elle s'appela : « Où es-tu encore, toi? » Elle s'appela : « Allons, vite! » et je ne mentionne pas les termes de fantaisie, d'enthousiasme et d'intimité, tels que : « Lumière-des-Versants, Rayée-à-la-limite-de-la-rayure, Oiseau-Chatte, etc., etc. » Personne n'a mené grand bruit à son sujet, pas même moi. Elle n'a pas reçu de visites de reporters, ni accordé d'interviews. Nous avons vécu ensemble. Quand j'ai dû la confier à ma mère, pendant une longue absence, la chatte rayée prit l'idée de mourir, et mourut. Si je parle d'elle dans ce récit, ce n'est pas pour lui donner une place de premier rang. Elle était là, telle chose m'advint...

Toutes les déceptions que j'aurais pu prévoir m'attendaient, quelques jours plus tard, derrière le portillon à sonnette qui servait de clôture au « Brimborion ». Quant à sa construction, meulière et bois tendre, le chalet rivalisait avec n'importe quelle case de lotissements de la banlieue parisienne. S'il n'eût fait face à un horizon de montagnes d'un bleu humide, j'aurais pu me croire à Vernouillet. Un peu de neige crayeuse s'attachait aux sommets lointains, car nous n'étions qu'au début de juillet. La chatte rayée sauta du fiacre antique qui nous amenait de la gare, secoua ses grelots comme un cheval attelé en poste, et se mit incontinent à brouter, pour se remettre d'une nuit passée dans le train, les touffes d'herbes qui poussaient entre les lattes de la palissade. Une femme sortit d'un chalet voisin, pareil au « Brimborion ». Elle me rejoignit et me dit que pour les soins du ménage elle se mettait à ma disposition toutes réserves faites que ces dames du « Gui » la réclamaient de neuf à dix heures, que de huit à neuf les locataires du « Rodolphe-et-Daisy » – elle désignait un troisième chalet voisin, semblable aux deux autres – l'employaient depuis le 1er juillet, et que la jeune dame enceinte de « La Farandole », entre deux heures et demie et trois heures et demie, l'après-midi, se sentait trop fatiguée pour laver sa vaisselle toute seule. Elle ajouta que pour les repas, j'avais le choix entre *Le lièvre blanc* et le bar *Comme chez soi*... Cependant j'admirais que Lucette d'Orgeville eût jugé prudent d'amener un compagnon qui « cuisinait de première ».

Sous la conduite de la femme-qui-n'aurait-pas-le-temps-de-faire-mon-ménage, j'entrai dans « Le Brimborion ». Je visitai la salle à manger, caractérisée par une suspension-couronne, en cuivre et cabochons de couleur. « On peut mettre un lit-cage de surplus », me fit remarquer la gardienne. Je saluai d'un signe approbateur la chambre à coucher du premier étage, son lit de milieu, sa lampe de chevet à corolle poussiéreuse, son cabinet de toilette, bois courbe et cuvettes d'émail. J'eus un sourire pour la cuisine, les deux casseroles, la boîte à lait, la ficelle à étendre le linge; je n'oubliai pas les « water » contigus, ni le living-room et ses murs semés d'une arabesque décorative en forme de colimaçon, ni les coussins en satinette coulissée. Quand j'eus tout vu, je dis : « Parfait! » je revins avec la chatte au fiacre qui attendait son salaire, et je commandai au cocher :

– A l'hôtel des Bains!

La chatte se tenait auprès de moi, assise sur la vieille banquette couleur de lichen verdâtre. Elle affectait son air le plus « chien », désinvolte et le nez humide, paraissant trouver le départ aussi normal que l'arrivée. En descendant la colline, nous embrassâmes du regard le lotissement, et je comptai encore dix ou douze chalets nés de la même portée. Un, entre autres, s'appelait « Beethoven », et son voisin « Ma Totote ».

L'hôtel des Bains ne vaut pas de mention très particulière. Il prend place dans ma série d'hôtels. Je n'ai pas beaucoup voyagé, mais j'ai dû me garer dans un assez grand nombre d'hôtels. Comme midi sonnait, j'éveillai la curiosité des baigneurs et buveurs, assis autour des guéridons devant l'hôtel des Bains, qu'un rond-point et un massif de bégonias séparaient seuls du Casino et de sa terrasse. Au fond, entre ces deux palaces, les Sources thermales alignaient leur colonnade...

– Un chat! Un chat! s'écrièrent des enfants, qui s'approchèrent.

Mais la chatte les toisa de manière à les faire reculer, et ils changèrent rapidement de visage, comme s'ils s'apercevaient qu'ils venaient de se tromper en saluant familièrement une personne inconnue. L'ombre restait fraîche, un souffle montagnard, d'une légèreté qui surprenait et enchantait mes poumons parisiens, portait partout l'odeur des très beaux orangers en fleurs, rangés autour de la placette, et la vapeur des eaux sulfureuses – œufs pourris et gaz des marécages.

Un quart d'heure plus tard j'avais choisi le lieu de ma courte halte. D'être, à un tel point, français et de son époque, l'hôtel tirait presque des avantages. On l'avait récemment rehaussé d'un étage à balcon, mais qui ne jouissait que d'un vieux tapis sordide, tandis que le noir premier étage s'arrogeait le chemin de moquette neuf, violet à bordure jaune. Et le grand principe « tout peut servir, il ne faut rien jeter », avait hissé jusqu'à un palier de l'étage neuf un petit buffet Jules Grévy, écaillé et inutilisable.

Tout cela, qui m'était si connu, me révoltait pourtant chaque fois. Mais qui peut discerner si nous nous attachons mieux à ce qui nous rebute qu'à ce qui nous appelle? A ces époques mal assises de ma vie, quand dans un gîte de hasard j'avais nettoyé moi-même les tiroirs, versé sur les matelas et les draps un quart de litre d'eau de toilette au vétiver, changé la place du lit, demandé une table à écrire, un plat de sable pour la chatte et planté des fleurs dans les vases, je me croyais chez moi, jusqu'à nouvel ordre.

Pendant que je me savonnais dans la baignoire, la chatte, au centre géométrique du couvre-pieds, se lavait minutieusement. Sans doute eût-elle déjeuné volontiers. Mais c'était une chatte qui ne réclamait jamais sa nourriture, et elle ignorait la prière et la plainte, se souvenant sans doute qu'en sa vie première la plainte ni la prière n'avaient forcé le cœur dur des hommes. En écartant de sa pensée la famine et la terreur, je l'avais rendue encore plus silencieuse. Elle se faisait légère, mais gardait de la décision, un libre choix de sa couche, attendait avec patience ce que je lui donnerais à manger. Pour son appétit, il s'accommodait à peu près de tout. Je me souviendrai toujours qu'elle buvait comme un chien en pleine rue, si l'on ouvrait une prise d'eau dans le trottoir, et qu'en buvant elle tremblait légèrement, peut-être en mémoire des terreurs d'autrefois...

Sauvée du lotissement et du « Brimborion », je considérai mon cas du haut du balcon, qui me réservait l'usage d'un guéridon et d'un fauteuil d'osier. Sur la portion de balcon voisine, un mobilier semblable me rappela qu'un hôtel est aussi un lotissement, et je notai la présence d'un châle de vigogne plié. Des journaux illustrés couvraient le guéridon. « Pour le temps que je passerai ici... » me dis-je. Et je descendis, sûre qu'un train me ramènerait à Paris le lendemain, – ou le surlendemain.

Quand je remontai, tout me parut changé dans ma chambre, car la chatte n'était plus au centre du lit, ni dans la salle de bains, ni sur le balcon. Et rien ne me répondit quand j'appelai « Où es-tu encore, toi? » J'allai, je vins. Je scrutai l'armoire à glace laquée, je me mis à plat ventre devant le lit, je me penchai sur la balustrade... Mais aucun attroupement, en bas, ne signalait qu'un petit corps rayé fauve et noir fût tombé du haut de quatre étages. Il y a une différence suffocante entre la chambre où régnait, l'instant d'avant, la féline présence, et la même chambre, vide...

– Où es-tu encore?...

– Il est ici, dit une voix d'homme un peu grosse et râpeuse, qui venait du balcon voisin.

– Ici, et ma foi fort content, dit une autre voix plus féminine, grave et agréable.

– Merci! soupirai-je. Voulez-vous dire à cette chatte damnée... Ou plutôt soufflez-lui sur le nez, elle a horreur de ça, et elle reviendra sans se faire prier...

– Je m'en garderai bien, dit la voix. Elle me prendrait en grippe. Passe encore de vexer un chat, mais une chatte!...

Je souris du côté de la voix avec une naissante sympathie :

– Passez-moi l'objet!

– Et si elle me griffe? dit la voix d'homme.

– Laisse-moi faire, dit la voix moins mâle.

Je m'approchai, et reçus la vagabonde des mains d'un homme encore jeune, dont la tonalité générale gris-bleu me plut tout de suite. Auprès de lui, une femme de trente-cinq ans me salua d'une voix virile et enrouée, tandis que l'homme, d'un beau timbre de ténor voilé, conseillait à la chatte patience et douceur, après quoi il se présenta :

– Gérard Haume.

– Et sa femme, compléta rondement la voisine.

Mes mains rencontrèrent, dans le pelage de la chatte, des doigts osseux sous une peau douce.

– C'est bien gentil à vous deux... J'ai la faiblesse de tenir beaucoup à cette chatte...

– Oh! nous savons, nous savons! s'écrièrent M. et Mme Haume.

– Nous ne sommes pas si arriérés que nous en avons l'air, ajouta Mme Haume. Et comment va Toby-Chien?

– Le mieux du monde, madame, car il est mort. S'il vivait encore, il aurait... seize, dix-sept, dix-huit ans. Les bouledogues ne vivent pas si vieux.

– Vous pouvez vous épancher avec nous, assura chaudement la grosse voix de femme. A Paris nous n'avons pas de bêtes, mais à Aussorgues il y a trois cockers, vingt-six perruches, et pour les pigeons-paons, nous avons renoncé à les compter.

Pendant qu'elle parlait, Gérard Haume souriait avec complaisance. Je le vis consulter furtivement son bracelet-montre.

– Encore merci, madame... Je ne veux pas retarder davantage votre déjeuner. D'ailleurs je ne fais qu'une halte... Je compte repartir ce soir pour Paris... Mes compliments aux trois perruches et aux vingt-six cockers.

Mme Haume rit haut, d'un rire endommagé par quelque enrouement chronique. Son mari ne fit que sourire, et je serrai, par-dessus la grille qu'avait franchie la chatte, leurs deux mains bien différentes.

Mais je n'en avais pas fini avec le ménage Haume. Pouvais-je refuser, nos tables se touchant presque au restaurant du Casino, de faire virer ma chaise, et de poser sur leur guéridon ma tasse de café? Le sommeil qui vient après une nuit de chemin de fer, devais-je le chasser avec énergie, au point de courir m'assurer une couchette dans le train de huit heures trente? Paris au mois de juillet n'est pas, quand on connaît ses dangers et ses ressources, à faire peur. Mais qui me pressait d'y rentrer? Rien. Personne...

Quand je remonte à cette heure passée – le soleil marchait sur la terrasse, et n'en était encore, le déjeuner fini, qu'à se coucher sur mes pieds comme un chien chaud, tandis que la tente protégeait la table et nos visages – je ne vois aucun motif qui m'ait retenue, sinon l'envie de dormir dans des draps bien tendus tandis qu'un store et son ombre battante verseraient, à mon corps endormi, des songes de bateau, de moulin, de cascade...

– Vous devriez rester quelques jours, disait Mme Haume. Il y a un bon orchestre au Casino.

– Les excursions qu'on peut faire sans fatigue, disait M. Haume, ne manquent pas... Tenez, voyez-vous, d'ici, ce petit cube blanc, entre le Mont d'Enfer et le Saut-du-Berger?

Je ne voyais rien, subjuguée que j'étais par le sommeil des concerts d'après-midi, le sommeil des conférences, le sommeil de l'enfance pendant les « dictées », le sommeil du catéchisme, le sommeil des départs à trois heures du matin en tournée, toutes les variétés puissantes du sommeil... Déjà les paroles ne m'arrivaient que par intermittence...

– En somme, ça a l'air de prendre, cette mode des cheveux courts, disait Mme Haume.

La couleur des montagnes pâlissait sous le soleil au zénith – ou bien leur décoloration venait de mon envie de dormir. Une nuée d'un blanc doré, qui affectait la forme, à peine condensée, du « Brimborion », s'écrasa en poudre avec le bruit d'une soucoupe brisée, et je m'éveillai sans avoir su que je dormais, en présence de deux personnes à peu près inconnues, et d'un peu de porcelaine en miettes à mes pieds.

– Vous mourez de sommeil, je comprends ça, dit Mme Haume.

M. Haume releva sur son poignet sa manchette

d'un bleu de lin, et constata qu'il était deux heures et demie.

– Mon gargarisme! s'écria Mme Haume, qui sauta sur ses pieds. Je vous retiens à dîner, madame Colette, sept heures et demie, prenez un pull-over, nous sommes tout de même à six cents mètres d'altitude...

Elle se hissa hors de son corset, en se pétrissant la taille de ses deux mains. C'est un geste que les femmes ont retrouvé en 1939. Mme Haume portait une fraîche robe, blanche à mille raies bleues, un ruban de gros grain en ceinture. Le bord de sa jupe affleurait le gravier. C'était donc ce qu'on appelait une robe courte. Elle se coiffait comme la plupart des femmes de cette époque-là, qui ne se coupaient pas encore les cheveux, la nuque découverte et ondulée, les cheveux rassemblés haut et avançant en vague sur le front. Gracieuse coiffure, prenant bien la tête, et qui permettait des variations personnelles. Un cache-peigne en myosotis bleu foncé soulevait, par-derrière, le bord du chapeau.

Une femme soucieuse de la mode ressemble à plusieurs femmes. Un peu rouge, probablement serrée, l'œil large ouvert, la bouche étroite et forte, Mme Haume rappelait Mme Salvator, dont le portrait par Boldini est au Luxembourg. Helleu aussi a dessiné, en les amincissant, beaucoup de Mme Haume. Sur celle-ci une bourse en mailles d'or, une « chaîne de cou » en platine et petits diamants complétaient – j'oublie les souliers jaunes, pointus – une toilette de ville d'eaux, dont on aurait tort de croire que l'espèce se peut perdre. Il y aura toujours des femmes qui par principe s'arrangeront pour souffrir de la chaleur en été, du froid en hiver, et de congestion faciale après le repas. De même que toujours, quelque part dans le monde, un théâtre joue *Carmen*, toujours une femme dira : « Je ne m'allonge jamais pendant ma digestion. Mes chaussures? non, elles ne me serrent pas, j'ai un pied qui fond... »

Je ne m'éveillai tout à fait que pour commettre une petite maladresse. Parce qu'il était plutôt maigre que mince et que son teint un peu bis pouvait déceler quelque désordre biliaire, M. Haume m'avait paru plus fragile que sa femme. Aussi est-ce à lui que je demandai :

– Vos heures de traitement sont sévèrement fixées, n'est-ce pas?

Mme Haume se mit à rire :

– Mais il ne fait aucun traitement! Lui? Mais c'est un roc, cet homme-là! C'est moi qui soigne ici mes granulations et d'autres misères. La douche nasale, la salle des vapeurs, la douche en barre sur les reins, le gargarisme, tout ça c'est pour moi. A sept heures du matin, si vous entrebâillez votre porte, vous me verrez déguisée en Père Blanc, comme tout le monde... Tout le monde sauf Gérard, bien entendu! Je pleure de fatigue quand je rentre. Vous ne trouvez pas que c'est odieux, un homme qui n'est jamais malade?

Je fis, du regard, l'ascension du « roc » et je répondis en toute sincérité :

– Non. Certainement non.

Peur des inconnus. Contradictoirement la crainte de déplaire aux inconnus dont le réflexe, intéressé ou non, a été aimable. Je passe sur la pointe des pieds devant une porte fermée, pour éviter l'obligation, si elle s'ouvrait, de « dire bonjour ». Contradictoirement, besoin de faire porter à Mme Haume un gros paquet d'iris jaunes qui poussent au bord des ruisseaux montagnards. Envie de déposer à la porte de Mme Haume, à côté de ses souliers de daim blanc, les illustrés de la semaine. Reculs... Avances....

J'ai donc voulu écrire ma déconvenue du « Brimborion », mon entrée en relations avec M. et Mme Haume et ce qui s'ensuivit, puisque je retrouve cette feuille de papier. Elle date d'un temps où je n'avais pas encore remplacé l'habitude de la passivité par celle d'une certaine sauvagerie.

Quatre jours après mon arrivée, j'étais encore à l'hôtel des Bains. Mon plus vif mouvement d'activité et d'indépendance consistait à descendre dans le Parc avec la chatte vers sept heures, sept heures et demie. Arrosés la veille au soir, les géraniums et les coquerets alkékenges gardaient une sueur irisée que le premier rayon du soleil essuyait. Ce n'est pas que je professe, pour le coqueret alkékenge, une admiration particulière, mais son nom m'étonne, et aussi sa fleur couleur de poumon de bœuf, fibrillée de sang. Quant aux géraniums rouges, ils exhalaient, humides, ce parfum complet qui fait songer à l'amour et regretter de n'être pas amoureux. Pour faire plaisir aux géraniums rouges, il y avait aussi des cinéraires bleues.

Je me promenais. J'offrais à la chatte du lait fraîchement trait, servi dans le Parc sous une petite aubette bleu ciel. Elle s'asseyait ensuite à même la pelouse et léchait le lait sur ses moustaches d'une façon populacière, avec un air féroce et comme si ce fût le sang d'un ennemi. Je lui disais parfois qu'elle avait des manières de soudard. Il fallait ensuite qu'elle se vautrât dans la rosée, qu'elle exhalât sans motif quelque grand cri incongru, fragment d'une mélopée venue du fond de sa misère et de sa liberté anciennes, qu'elle vaquât aux soins d'une hygiène féline... Les rites accomplis, elle attendait à mes côtés que j'eusse lu un journal, jouait brièvement, rotait de dégoût si elle rencontrait un lombric, montait d'un trait sur un arbre avec une force si rapide et si paradoxale que je pensais aux films qu'on déroule à l'envers, où la cheminée d'usine qu'on vient de voir s'écrouler se reconstitue encore plus vite qu'elle ne s'est défaite...

Le Parc, que l'on ne désignait pas autrement, n'avait du côté du sud aucune limite visible. Plat, soigné, il semblait toucher l'escarpement brusque qui dressait au loin les monts dauphinois, comme la mer semble ne s'arrêter que barrée par le ciel. Je n'ai jamais pris l'habitude, ni l'engouement des horizons de montagnes. Ce jardin bien léché, ses bornes ici de pierre de taille, là de contreforts bleus, je n'y sentais pas ce que je nomme « la campagne ». Mais l'air, sa légèreté, ses baumes, – on cesse très vite de percevoir, sauf par basse pression barométrique, la puanteur sulfureuse des sources –, les soirées lourdes de parfums d'orangers autant qu'à Blidah, et les matins cristallins pansaient des fatigues négligées, des soucis relégués avant que d'être guéris, et au bout de cinq jours je me voyais, le matin, la joue mieux remplie, une manière meilleure d'administrer, avec prévoyance, mon imprévoyance. C'est-à-dire que j'envisageais, sans avoir besoin de courage pour leur faire face, mes saisons incertaines. L'oisiveté est une panacée.

Enfin nous rentrions, la chatte et moi. Vers l'Établissement thermal, quelques fantômes de molleton se hâtaient, blancs de tous les blancs, sauf le blanc doré, çà et là frotté de terre rose, çà et là bruni, lumineux et sale, que mûrissent les soleils de Fez et de Marrakech. Assis sur une sorte de brancard, l'un d'eux me faisait un petit signe auquel je reconnaissais Mme Haume. La chatte n'aimait pas les fantômes. A leur vue elle réglait son pas sur le mien. En quelques jours d'une vie de cocagne, elle s'était lustrée, et rayonnait de cette beauté sans défaut que les chats rayés tiennent – sauf pour les initiés – un peu secrète sous leur robe fauve, noir, fauve, noir, très ajustée. Ses yeux magnifiques posaient sur toutes choses d'alentour, assurés, prasins, changeants, le regard mâle des chattes qui ont décidé d'échapper fréquemment à leur sexe et de vivre à peu près stériles.

Dix jours après que j'eus répudié le « Brimborion », je savais, sur X... -les-Bains et sur les Haume, tout ce qui ne m'importait guère, par exemple que les Haume étaient, avec un autre Haume, frère de Gérard, propriétaires d'un bien de famille, une de ces usines de papier suscitées, alimentées par un cours d'eau torrentueux. Les Haume et leur fabrique voyaient d'année en année décroître leur prospérité, quelque part dans le Cantal ou la Corrèze. Usine à la campagne, automobile et pied-à-terre à Paris, voilà ce que livraient, à mon indifférence, les Haume. Mme Haume m'appelait « Colette », avec une nuance de bravade, l'intonation frondeuse qui signifiait : « J'ai l'esprit large, et la fréquentation d'une artiste de music-hall, écrivain en outre, n'est pas pour me faire peur, à moi. »

– Appelez-moi Toni, me disait-elle. C'est plus gai qu'Antoinette.

Tous les Haume de villes d'eaux ont leur justification, et leur utilité. L'adoption rapide, la compagnie de ceux-ci me protégeait contre d'autres baigneurs qui se prétendaient « artistes dans l'âme », en fait dangereux organisateurs de matinées théâtrales et de goûters dansants. Quelque chose, dans leur état de bourgeoisie semi-provinciale, faisait bon ménage avec ma bourgeoisie villageoise d'autrefois. Antoinette Haume avait commencé par quêter, sur ma vie au music-hall, des récits qu'elle espérait « passionnants », mais voyant que je n'aimais pas parler de ce qui empiétait sur ma vie privée, elle y renonçait, par obligeance naturelle mieux que par simple politesse.

A deux ou trois reprises, je m'étonnai de la voir en proie à un mal réel, qui lui imposait la cure de larynx-nez-oreilles, et qui faisait taire sa voix meurtrie. Elle ne se plaignait jamais. J'aime le courage féminin, son ingéniosité à organiser une vie blessée. J'aimai la patience d'Antoinette Haume qui gardait le silence, s'installait à l'abri du vent sous une petite couverture en satin broché, bordée de vison, que je trouvais affreuse, et coupait les pages d'un roman. Sa sagesse m'agréait au même titre que ses poignets robustes, que sa forte bouche point laide, son gros beau cou, colonne sans pli, empreint d'un caractère de puissance exceptionnel. Et si ses propos manquaient d'éclat et de personnalité, au moins son prochain y gagnait bien quelque chose.

Quant à M. Haume... Pour être sincère, je crois que d'abord il me plut parce que j'ai toujours aimé le bleu. Je m'explique : Gérard Haume soulignait, par la tonalité de son vêtement, la rare couleur de ses prunelles. Sur les complets clairs, et comme farineux, que recherchent les Anglais d'un certain âge, ses chandails bleu-gris, ses chemises, mouchoirs, chaussettes et cravates, à force de se faire discrètement gris bleuâtre, crevaient les yeux. A cette obstination près, Gérard Haume eût pu passer pour un « homme chic ». Mais toute affectation dans le vêtement risque de ruiner le prestige d'un homme; le jour où je vis M. Haume tirer de sa poche, pour comble de raffinement, un étui à cigarettes en peau de phoque bleu grisâtre, je fis franchement la grimace, et il s'en aperçut.

– C'est la conséquence d'un vœu?

Je désignais l'étui, la cravate, le mouchoir assortis...

– Mais, dit-il naïvement, ça se porte beaucoup.

Il se rendit compte qu'il venait de parler comme un très jeune homme, rougit et me lança un vif regard dérobé. C'est à ce regard, je m'en souviens, que je m'aperçus que je ne lui plaisais pas. Raillé par une femme agréable, – je l'étais certainement en ce temps-là –, un homme a dix manières, en un coup d'œil, de plaider sa cause, gaiement ou malicieusement, ou avec une autorité voluptueuse. Dans le regard de Gérard Haume, je ne vis aucune inimitié, mais aucun désir de me plaire. Il n'est guère de femme qui reçoive, sans en être vaguement offensée, la preuve rapide et muette de sa propre innocuité.

Un nez sec dont l'épiderme, tendu sur l'arête médiane, se fait transparent, la moustache relevée en deux petites ailes au-dessus de la bouche assez réticente mais qui ne craignait pas l'attention, et les yeux d'un bleu ardoisé, au fond des orbites bistrées comme les avait Gabriel Fauré; la raie à gauche, des cheveux encore foncés semés de blanc : ce type d'homme, il y a trente, quarante ans, triomphait des jeunes femmes et encore mieux des jeunes filles. Elles faisaient ingénument crédit au voluptueux lassé et ardent. Sans comparer M. Haume au comte de La Palferine, de qui les paupières, dit Balzac, promettaient « d'horribles fatigues et des joies infernales », j'interrogeais chez Gérard Haume une fixité d'expression que l'on voit, parfois, aux hommes qui ont abusé de leur jeunesse. Mais d'autres fois, je me disais simplement qu'il était peut-être un individu de peu de pensée. Car une femme a bientôt fait de porter au compte de la débilité mentale, les marques de l'indifférence.

Cet après-midi-là, un orage nous menaçait, et sa nue violacée, compacte, en tas de pommes, pesait sur les contreforts les plus proches.

– Est-il bleu! Regardez comme le ciel est avec vous, dis-je à Gérard Haume en levant le doigt vers l'orage bleu.

– Ce ne serait pas trop tôt, dit-il entre haut et bas.

Il consulta sa montre, tic furtif et fréquent dont il semblait ne pas se rendre compte. Le parfum des orangers fleuris, écrasé par l'air orageux, nous submergeait, et les mouches harcelaient nos mains nues. Une ruée d'enfants se répandit hors de la salle réservée à leurs jeux dans le Casino.

– La fin de la leçon de danse! Quelle heure est-il donc? s'écria Mme Haume.

– Pas la moindre idée, dit M. Haume.

– Mais, remarquai-je, vous venez de regarder l'heure.

– Moi? Ah! oui, pardon...

Il releva derechef, du bout de l'index droit, sa manchette gauche.

– Trois heures vingt.

Antoinette Haume fit son cri étranglé et sauta sur ses pieds.

– Ma douche nasale! Vous m'attendez ici, Colette? Gérard, qu'est-ce que tu comptes faire?

– Mon courrier..., commença Gérard.

Sans l'entendre sa femme courait, à petits pas et grands talons, vers l'Établissement thermal, et en voyant sautiller son dos, son grand plateau de paille mauve, sa taille sanglée, sa robe de tussor écru dont elle relevait l'ampleur à poignée, je me demandais ce que je faisais dans ce pays, et pourquoi j'appelais cette brave dame par son prénom.

Mais en tournant légèrement ma chaise du côté de Gérard Haume, je ne me demandai plus pourquoi j'étais là, sous un orage qui marchait à grand-peine dans le ciel, aux côtés d'un homme qui n'avait marqué, d'aucun petit mouvement, d'aucun respir prolongé, d'aucun éclaircissement du visage, qu'il eût du plaisir à ce que nous fussions seuls. Seuls, au beau milieu d'une agglomération thermale pour bourses moyennes, seuls, entourés des mouches exaspérées, parmi des enfants désœuvrés et criards, seuls, surveillés par les adolescentes qui quittaient la leçon de danse, les filles de treize à quinze ans, celles qui n'avaient encore ni peur de l'homme, ni pudeur corporelle... Gérard Haume passa son mouchoir sur son front humide, comme si le départ de sa femme lui eût soudain donné licence de transpirer.

– Sensible à l'orage? lui demandai-je.

– Oui, assez. Et ces mouches!

– Pourquoi ne rentrez-vous pas? Voilà la pluie. Regardez l'effet des premières gouttes, escomptées par « l'innocent essaim »!

C'est ainsi que nous appelions les redoutables fillettes. Je crois que la vague d'impudeur qui dénuda, quelques années plus tard, toute la jeunesse pubère, dépouilla aussi le « fruit vert » du plus âpre de sa saveur. Il en était temps. A X...-les-Bains, les grandes petites filles frayaient peu avec les garçons de leur âge, mais tel jeune père de famille, tel célibataire élégant et mûr, tel premier rôle de comédie cinquantenaire, venu pour soigner sa voix, subissaient, à en perdre le souffle, les attaques des fillettes qui faisaient l'enfant et couraient entre les tables.

– Cachez-moi, monsieur, cachez-moi, elles vont m'attraper!

Justement une longue, une dure fillette aux genoux nus bondit jusqu'à nous, retomba à croppetons derrière M. Haume, le ceignit de ses bras dorés, pencha entre lui et moi sa gerbe de cheveux noirs crêpelés, sa petite figure de forcenée qui semblait ne pas nous voir. Treize, quatorze ans?... Elle haleta un moment, cria « hou-hou! » ne reçut nulle réponse. Gérard Haume n'avait pas bougé. La petite se lassa et dit : « Oh! pardon, monsieur! » en fausse ingénue, avant d'aller rejoindre une bande chuchoteuse, ricaneuse, parée de dangereuses grâces, d'étendards de cheveux, de seins précoces, tachée de rousseurs, vermeille et perchée sur de hautes jambes. Des nymphes assez ressemblantes, en somme, à ce que l'on fait aujourd'hui comme femmes de vingt-cinq ans.

– Un attentat bien mené, dis-je à M. Haume.

Il secoua la tête.

– Oh! avec moi ça ne prend pas. Même la blonde, là-bas, la merveille...

– Celle que nous appelons Miss Morphy?

– Oui, elle m'a fait le coup de la leçon de danse : « Monsieur, apprenez-moi le boston, monsieur... » Mais je ne suis pas Louis XV.

Il sourit avec calme, et regarda l'heure.

– Vous trouvez qu'elle tarde?

– Qui?

– Madame Haume.

Il releva le front, étonné.

– Je n'y pensais pas.

– Vous regardiez l'heure...

– Machinalement.

Il répéta, les yeux clignés, avec une expression de contentement secret :

– Machina-le-ment.

Une grosse étoile de pluie sauta sur la table comme une grenouille. Les autres gouttes ne la suivirent qu'un moment après, et M. Haume ne cacha pas qu'il craignait la pluie. Je mis un peu de malice à ne point hâter le pas pour traverser ce que l'on nommait, à X...-les-Bains, l'esplanade.

Grande ouverte, ma chambre laissait entrer l'odeur des orangers et de la poussière fouettée, et un petit tonnerre caverneux, très modéré. Ma chatte indépendante et sage assistait au déluge avec un intérêt superficiel et se détourna pour me sourire. Un livre ouvert sur mes genoux, la chatte assise sur le bras du fauteuil, j'éprouvai encore une fois, au bruit de la pluie, au contact de la chatte tiède contre mon bras, une peine sans objet, une vague intention d'être heureuse, – mais je ne croyais pas plus à ceci qu'à cela...

L'orage glissa vers l'est, et la pluie avec lui. Dans sa chambre, voisine de la mienne – le ménage Haume disposait de deux chambres communicantes –, Gérard Haume se mit à chanter. Une voix quelconque, mais juste. Il fredonnait une valse anglaise invertébrée et gentille, qui eut autrefois du succès. Je reconnus air et paroles, celles-ci formant jeu de syllabes sur la prononciation anglaise « You » de la lettre U :

« *You, you, you,*
Only you, you, you,
I, J, K, L, M, N, O,
P, Q, R, S, T, You, You, You... »

Au diable soient les liseuses de pensée, les devineresses, les voyantes, – bref, les femmes. Je n'eus pas plus tôt entendu M. Haume chanter : « Only you... » que je décidai qu'il avait un secret, décision où je pris un piquant plaisir, comme si je m'étais avec force résolue à apprendre le bridge, à travailler le piano ou broder un mobilier au point de croix.

Un fantôme, fût-il de chair et d'os, ne vient point qu'on ne le suscite. Commencez à espionner votre voisin, c'est assez pour le changer en criminel.

Le lendemain du jour où j'entendis M. Haume chanter, puis interrompre brusquement son chant, je me promenais, la chatte me guidant, entre les gazons vivifiés par l'orage, entre les bordures d'héliotropes et les géraniums. Paresseuses ce matin-là, nous avions trouvé la laiterie encombrée d'enfants et de gouvernantes, nous avions croisé les gandourahs qui déjà revenaient de leur cure. Variant, à cause de l'heure, notre itinéraire, nous obliquâmes vers la fruiterie qui vendait des framboises de montagne, sapides, d'un rouge clair sous leur impalpable buée bleuâtre. On m'en servit une pleine feuille de chou gondolée, et je m'assis sur un mur de jardinet pour les manger. Derrière les grands édifices de la place, à X...-les-Bains, il n'y avait guère que trois ou quatre rues commerçantes, sombres en plein été, la boutique des lainages, la boutique des souvenirs du pays, la pharmacie, la poste. Le bureau de poste, très vieux, négligé, se renfrognait au fond d'une cour dont le porche gardait, sur son fronton, deux têtes de chevaux. Tout cela a dû grièvement changer... Durant que je mangeais mes framboises, un homme gris-bleu, léger, sortit de la cour postale et s'éloigna rapide, en me tournant le dos. Je ne me pressai pas de rentrer à l'hôtel, d'autant que ma chatte, déjà révérée dans le village thermal sous le nom de « le matou-en-laisse », dut accepter en chemin quelques hommages, tels que petit morceau de gruyère, faveur rose pour cravater son cou doté de deux zébrures noires, et petite balle de celluloïd lestée d'un grain de plomb.

En rentrant je trouvai un mot de Mme Haume, glissé sous ma porte : « *Venez voir la voisine qui est un peu patraque. Toni.* » Je ne me rendis pas chez elle sans m'apprêter un peu, ni changer mon pull-over terre-cuite contre une blouse blanche. C'est M. Haume qui vint m'ouvrir.

– Madame Haume est souffrante?

Il esquissa un geste, mi-chagrin, mi-impatience :

– Oui. Elle a pris froid. Dites-lui qu'elle a bonne mine.

Il ajouta, avec la même brièveté :

– D'ailleurs, elle a bonne mine.

Je n'avais jamais vu Mme Haume couchée. Sa conception de l'élégance intime éloignait de son lit l'idée de maladie, mais non celle de l'accident, car j'eus d'abord l'impression qu'on l'avait mise là impromptu et tout habillée. Elle portait une sorte de manteau de lit, de deux tons de mauve, brodé, ruché de dentelle. Un napperon ajouré couvrait ses genoux, et sa table de chevet se fleurissait d'un bouquet de pensées. Par la porte ouverte j'aperçus la chambre de M. Haume, et son lit défait.

Mme Haume avait, en effet, bonne mine. Mais sur ses joues poudrées, et surtout autour des yeux, se glissait une coloration un peu olivâtre et fiévreuse. Son beau gros cou, que j'enviais, portait lisse et nu sa tête bien ondulée, et elle ferma, pour m'accueillir, un roman tout frais.

– Eh bien, Toni, quoi donc?

– Trois fois rien, ma chère. J'ai pris froid. Asseyez-vous sur le pied de mon lit.

Sa forte main chaude m'attira. Elle parlait de sa voix la plus abîmée. Je regardais, comme pour la première fois, ses grands yeux châtains, son front à demi couvert de bouclettes, et l'or artificiel de ses cheveux qui ce matin-là la vieillissait. J'aimais sa figure où rien n'était fin, ni méchant. Debout non loin du lit se tenait son mari soucieux, les mains enfoncées dans les poches, et je jugeai qu'il montrait trop son inquiétude.

De ma chambre, la chatte entendit ma voix. Elle passa comme une écharpe par-dessus la séparation des balcons et nous rejoignit.

– Toute la famille! dit Mme Haume. Qu'est-ce que je pourrais vous offrir?

– Rien. Je me suis offert une de ces rations de framboises... Si j'avais su que vous n'alliez pas à l'Établissement ce matin, je vous en aurais apporté.

– Si j'avais su que tu en aies envie, dit M. Haume, j'aurais passé du côté de chez Besnus...

Son mensonge délibéré me causa un plaisir vaniteux, et je levai la tête comme un cheval d'armes au son des trompettes de cavalerie.

– Mais vous resterez au lit aujourd'hui, Toni?

– Oui... Je pense... Le docteur Ruhl est tellement maniaque... Il vient me voir à onze heures...

Mme Haume, les yeux baissés, caressait le dos rayé de ma chatte. Son refroidissement, ou bien ce damné saut-de-lit mauve, lui gâtait le teint d'une manière qui me déconcerta.

– Empêchez-la d'être imprudente, dis-je à Gérard Haume.

Il n'avait pas bougé et l'excès d'attention, sans doute, lui donnait l'air distrait. Il m'entendit pourtant.

– Naturellement, dit-il. Vous permettez que j'emporte la chatte jusqu'à votre appartement, j'ai peur qu'elle ne fatigue Antoinette.

Encore que la chatte fît comprendre, en se raidissant dans ses bras, qu'elle savait marcher seule, il la maintint jusqu'à ma porte.

– Ce n'est pas sérieux, ce qu'elle a?

Gérard Haume se passa les mains sur le visage :

– Sérieux... Non, si par sérieux vous voulez dire dangereux. Mais sa cure est interrompue, au quinzième jour. Nous devions partir dans neuf jours.

– Eh bien?

– Eh bien, nous ne pouvons pas partir. Le docteur Ruhl ne veut pas. Un voyage, un changement d'air en ce moment...

Il enfonça ses mains dans ses poches, tirant sur son veston de flanelle grise :

– Elle a 38,8.

– Elle a 38,8? répétai-je. A cette heure-ci? Où a-t-elle pris ça?

– Elle aime entrer à l'église qui est glaciale. Antoinette est fragile, vous me comprenez. Elle est... menacée.

– Je ne savais pas. Je n'aurais jamais cru, à la voir... Alors elle se soignera ici, pendant quelques jours?

– Quelques jours! Si nous nous en tirons avec trois semaines, nous aurons de la chance.

Il ricana tout bas, laissa retomber ses mains le long de ses jambes, et appuya son front contre la fenêtre du palier avec une expression de désespoir. J'oubliai, touchée, tous mes soupçons.

– Vous n'allez pas faire cette figure-là devant elle, au moins?

– Oh! n'ayez pas peur. Mais cet accident me plonge dans un tel abîme de complications...

Le mot me surprit. M. Haume regarda l'heure à sa montre, joignit les mains et fit craquer ses phalanges. De la cour intérieure de l'hôtel montait l'odeur du café matinal.

– Il n'est pas encore dix heures. Le médecin ne peut pas venir avant onze heures?

– Quel médecin? Ah! oui, pardon... Non, il est retenu par sa consultation du matin, en tant que médecin attaché à l'Établissement. D'ailleurs il n'y a pas d'urgence... Antoinette n'est que trop éclairée sur son cas, et moi aussi. Ce n'est pas la première fois...

Il me regarda en face, et dit bizarrement :

– Ah! que je voudrais être plus vieux de trois semaines... Ou de quinze jours... Même de quelques heures... Quelles complications, quelles complications...

Décidément, il tenait à ce mot, qui me semblait saugrenu. Je le regardais avec ce sentiment désagréable qu'est la pitié, quand on l'éprouve pour quelqu'un que l'on aurait voulu fort et sûr de soi. Le fond bleu et lointain de ses yeux, il me le livrait en aveugle, avec un égarement auquel j'étais rigoureusement étrangère. Il consulta sa montre et me quitta à la hâte.

Une femme qui lutte contre son mal est un spectacle qu'on peut nommer édifiant. Je n'ai pas vu assez d'hommes malades pour comparer, à l'exemplaire application féminine, celle qu'un homme apporte au devoir de guérir et de vivre. Si la congestion pulmonaire d'Antoinette Haume fut moins grave que son mari ne semblait le craindre, c'est que dès le premier jour, c'est que du fond de la fièvre, aux prises avec la douleur pleurétique et l'angoisse du souffle raccourci, elle se mit à vouloir guérir. Mouvement, plaintes, impatience, elle réduisit tout à un minimum héroïque. Chaque fois que j'entrai dans sa chambre, où veillait une « femme des bains », doucheuse promue infirmière, elle demanda qu'on la couvrît, par-dessus lainages et chemises de flanelle, d'une de ces « liseuses » qui lui donnaient, l'une mauve, l'autre beige et crème, l'air de s'être couchée en robe de dîner. Le docteur Ruhl lui recommandait de ne presque pas parler, et elle se taisait, si je puis écrire, avec empressement. Au bout de quinze jours, les racines brunes de ses cheveux dorés la tourmentaient, elle réclamait par geste un voile de tulle sur son front. Car au bout de quinze jours, j'étais toujours là, inutile en fait et bornant mes services à monologuer, pour la distraire, auprès de cette silencieuse, à presser un citron dans un verre d'eau où fondait l'aspirine, à disposer dans un petit vase quelques gentianes, des cyclamens venus de la région haute. Quand elle fut moins prostrée, je lui racontai des histoires, par exemple je lui disais pourquoi l'un des yeux de la sole est de travers, et pourquoi il est plus sûr d'avoir chez soi un loup pur qu'un chien croisé de loup. Si je trouvais sur les pentes, hors des limites du Parc, des bédégars bien moussus, je posais, sur la couverture d'Antoinette, ces tumeurs de l'églantier qui répandent en se desséchant une délicate senteur de pin et de rose. Le corps léger, le pas flottant, M. Haume allait de l'une à l'autre chambre. La seconde semaine, je lui vis un pli en long dans la joue, et une manie ambulatoire. Il passait peu d'instants au chevet de sa femme. Quand je sortais, je le rencontrais partout. Je finis par lui proposer de jouer aux cartes, le soir dans sa chambre, lorsque Antoinette, préparée pour la nuit, tardait à s'endormir. Il accepta, avec un geste qui signifiait : « Ça ou autre chose... »

Une couverture de voyage jetée sur le bois de la table, nous ne faisions en jouant aucun bruit. Quand les plus mauvaises nuits furent passées, la « femme des bains » partit à dix heures. Lorsque j'allais jusqu'au seuil de la chambre d'Antoinette, je ne voyais pas tout de suite si elle dormait ou non, à cause de ses grandes orbites au fond desquelles l'ombre ressemblait à un regard. Elle frappait du plat de la main le bord de son lit, pour m'avertir qu'elle veillait. Et je retournais à un jeu – l'écarté, le piquet – qui mettait en face de moi un mari dont le désarroi, et même le visible découragement résistaient à l'optimisme du médecin. La fenêtre ouverte, certains soirs, dispersait dans la chambre une neige grise d'éphémères et de très petits bombyx, l'odeur des orangers et le soufre des sources.

– Je joue mal, n'est-ce pas? risquais-je à demi-voix.

M. Haume acquiesçait en silence.

– Conseillez-moi, puisque nous ne jouons pas d'argent!

D'un hochement de tête, il refusait.

– Vous ne jouerez jamais bien.

– Pourquoi?

– Vous jouez pour le miracle. Vous jouez comme si un cinquième as, un roi imprévisible, allaient sortir du jeu et vous tirer d'affaire. Et puis je joue trop bien.

– Vous êtes joueur?

– J'ai joué.

Il se tamponnait les tempes, regardait l'heure à sa montre et battait les cartes.

Le bleu de ses yeux, aux lampes, acquérait une transparence qui anéantissait, presque, ce qu'improprement nous appelons l'expression de l'œil. Le premier soir de sa convalescence, fêtée au champagne, Antoinette leva son verre au-dessus de sa petite table de lit :

– A votre santé, vous deux! Vous avez été bien chics pour moi... Allez finir la bouteille chez Gérard.

Le son de cette grosse voix affaiblie, qui s'était tue longtemps, me remua. Aussi plaisantais-je en m'attablant vis-à-vis de mon partenaire, qui ne disait mot. Après un quart d'heure environ, Gérard Haume posa ses cartes, dit : « Excusez-moi, je n'en peux plus... » et mit son visage dans ses mains.

– Ne vous excusez pas, c'est tellement naturel... C'est la détente...

Il fit un signe violent de dénégation et reprit ses cartes. De temps en temps je le regardais avec une injuste sévérité. Je n'ai jamais, c'est vrai, eu d'appétit pour le flirt par-dessus un lit de malade, les doigts qui s'effleurent sous la tasse d'infusion et les « mon pauvre ami! » murmurés derrière une porte. Mais je ne m'expliquais pas que cet homme – « un roc! » disait Antoinette – n'eût pas, puisque Antoinette allait mieux, un plus heureux visage.

La chatte, réconciliée depuis que la fièvre désertait l'appartement des Haume, entra par le balcon selon le code chat, c'est-à-dire que, comme par magie, elle fut présente en un lieu d'où l'instant d'avant elle était absente. M. Haume tressaillit et laissa tomber la retourne.

– Pardon, dit-il. Je suis... comment dire... énervé.

Sans doute, j'étais, moi aussi, moins calme que d'habitude, puisque j'eus le tort de répliquer brusquement et sans élever la voix :

– Je ne peux pourtant pas passer ma vie à vous excuser. Et quand en aurez-vous assez, à la fin, de regarder l'heure à votre montre?

L'inimitié passagère qui parut sur ses traits me fut plutôt agréable. Il leva le doigt vers la chambre de sa femme pour me recommander la prudence :

– Antoinette attend demain matin, – j'ai eu beau lui représenter que c'était un peu tôt –, le coiffeur, la manucure, la pédicure des bains. Comme vous sortez de très bonne heure, m'autorisez-vous à vous offrir, ainsi qu'à la chatte, la tasse de lait mousseux ou le café noir, à la laiterie du Parc?

– Entendu.

– Huit heures?

– Huit heures. J'ai cinq cartes.

– Qui ne valent rien.

– Naturellement!

– Naturellement.

Gérard Haume considérait tristement son beau jeu. Mais jusqu'à la fin de la partie il lutta contre sa sombre humeur, en homme qui a pris une décision. Quand je regagnai ma chambre, Mme Haume dormait sur l'un de ses bras plié, les cheveux soigneusement serrés dans un filet blanc. La lampe, sur laquelle on avait jeté un grand foulard mauve, l'éclairait assez pour que je la devinasse rajeunie et fourbue, sa forte bouche saillante entre ses joues creuses, et bien aise, jusqu'au fond de son sommeil, d'atteindre le terme de sa peine. Laide ou belle, je me sentis en mesure d'affirmer qu'aucun mal ne lui viendrait de moi.

L'église de X... -les-Bains, étroitement comprimée contre une assise rocheuse qui la dépasse de plusieurs coudées, occupe-t-elle toujours la même situation humiliée? Je me souviens que d'une source suintante son toit recevait des gouttes qui le verdissaient, et qui contribuaient à entretenir sous sa voûte une température de cave. Je ne la fréquentais pas, mais j'entendais de loin son horloge noircie sonner les heures. A huit heures, le lendemain, je m'asseyais devant un des guéridons de la laiterie. La chatte fut servie la première. Gaie, de cette gaieté un peu dure qui lui appartenait en propre, brillante, ronde, rayée de mille raies papillotantes, la robe sombre malgré la saison d'été, guetteuse sans angoisse et appliquant à tout, – sauf à moi –, un jugement impénétrable, elle était un fauve de cinq ans, admirable et fidèle. Presbyte comme sont beaucoup de chats, elle vit venir au loin une personne connue et rapprocha l'une de l'autre ses oreilles. Je renouai mon foulard banane, le plus joli de mes foulards, et rectifiai l'aplomb de ma veste en gros jersey jaunâtre, bordée de noir. Un seul enfant, un gros enfant blond, buvait du lait, aux côtés de sa nurse. Quand il reprenait haleine, il ne s'essuyait pas les lèvres. De sorte qu'à chaque pause, largement moustachu de blanc, il avait l'air d'un vieux général.

Gérard Haume, en flanelle grise et souliers blancs, s'assit et je lui sus gré de n'improviser aucun préambule destiné à abuser la petite laitière, la nurse et l'enfant à moustaches.

– Toni a passé une bonne nuit?

– Oh! très bonne. Sans bouger. Ce matin 37,3, et elle est toute à la coquetterie. Elle a des facultés de récupération extraordinaires.

– Quelle chance!

– Oui... Dites-moi, vous avez remarqué que je regardais l'heure... fréquemment?

– Fréquemment. Si ce n'est davantage.

– C'est curieux. Ma femme ne s'en est jamais aperçue.

Il posa sur une chaise son feutre mou. Je l'aurais bien prié de le remettre. Quelque chose, que j'ignorais, lui avait en trois semaines infligé un changement qui sévissait surtout au long des joues, jusqu'aux tempes, et sans bien savoir comment un front peut maigrir, je pensai : « Comme il a le front maigre. » Avec la crudité de pensée qu'une femme manifeste pour l'homme qui ne souhaite pas lui plaire, je me dis aussi : « Encore trois mois d'un ravage comme celui-là, et c'est un homme bon à jeter. »

Nous dépêchâmes notre petit déjeuner, puis nous tournâmes nos sièges vers le côté montagneux et reposant que le soleil avait déjà quitté. En tournant son fauteuil de rotin, Gérard Haume regarda l'heure à son poignet, et il crut que je ne l'avais pas vu.

– Madame, je crois que l'on peut se fier à vous...

– Ça dépend.

Il sourit, hocha son front maigre, et je m'accordai qu'on pouvait encore trouver, à cet homme « bon à jeter », beaucoup de charme.

– Je suis bien décidé à ignorer de quoi ça dépend, et à vous faire confiance. Il y a dix-sept jours, – non, dix-huit, que je suis sans nouvelles.

– De qui?

– De la femme que j'aime, madame.

– Ah... bon, dis-je d'un ton morne. C'est donc ça.

– C'est donc quoi?

– Que vous avez l'air si fatigué. Et que vous allez à la poste avant neuf heures.

– Oui, c'est ça.

Il pressa de son poing fermé, à plusieurs reprises, le guéridon de tôle.

– C'est ça, c'est absolument, c'est affreusement ça. Et depuis... dix-sept jours, et non pas dix-huit comme je le disais, au lieu de la lettre quotidienne, il n'y a plus rien à la poste restante. Alors... alors je n'en peux plus, je ne sais pas ce qui est arrivé et je ne sais pas ce qui va m'arriver.

– Vous avez envoyé une dépêche?

– Oui. Après avoir trop attendu.

– Aucune de vos lettres ne vous a été renvoyée, n'est tombée en rebut?

– Aucune.

– Est-ce que... cette personne est à Paris? Pourquoi ne chargez-vous pas un ami...

Il me coupa la parole avec une supplication intolérante.

– Madame! Voyons, madame! Je ne suis pas un enfant! Je dissimule depuis deux ans! Mais songez que nous habitons Aussorgues autant que Paris, et que mon frère...

A mon tour je perdis patience.

– Bon, voilà le frère, maintenant. Vous rendez-vous compte que vous me parlez de tout ça comme d'une histoire dont les personnages me seraient familiers?

D'un regard misérable, mon interlocuteur s'excusa.

– Madame, soyez patiente, je vous en prie! Ce ne sera pas long. Mon frère aîné, c'est Georges Haume, propriétaire de la fabrique, et c'est quelqu'un de très bien. Moi, je ne suis que Gérard Haume, celui qu'on appelait encore, il n'y a pas très longtemps, la tare de la famille. Oh! expliqua-t-il vivement, en haussant les épaules, j'aurais pu faire pis que de jouer, d'emprunter, de fréquenter des restaurants de nuit, de gâcher l'argent. N'empêche que sans ma femme... je serais loin. Ma femme, elle, est quelqu'un de mieux que bien, quelqu'un à qui je tiens, faites-moi l'honneur de me croire, par-dessus tout. Par égard, par affection pour elle, mon frère a tout arrangé et m'a gardé dans l'affaire, mais... enfin je n'y brille pas. Ce n'est d'ailleurs pas ça que je veux vous expliquer.

– Pardon... Je voudrais seulement savoir... Antoinette ne se doute de rien?

Il l'attesta, la main sur le cœur. Les menteurs et les faibles connaissent bien ce geste-là.

– Elle ignore tout. Mais justement, il y a un double danger. Les lettres que je ne reçois pas, qui les détourne? Pourvu qu'on n'en fasse pas usage...

– Et le second danger?

Gérard Haume jeta sa cigarette, regarda l'heure à son poignet, m'interrogea avec une fixité stupide :

– Le second danger?... Ah! oui. Le second danger c'est moi. Je me... positivement je me désagrège, je ne tiens plus. Voyez-vous que je sois la proie de... je ne sais pas, moi... une crise nerveuse, que je parle, que j'appelle...

« Un roc, pensai-je, elle dit que son mari est un roc. Un roc en mie de pain, oui, et en outre un imbécile... » Au moment où je le taxais de sottise, il ajouta non sans finesse :

– Cette crise-là, je ne la conjure pas, mais je la retarde, en vous parlant comme je vous parle. A qui parler, madame, quand j'en suis presque aux cris?

Encore aujourd'hui, je ne sais jamais s'il faut dire : « La profonde naïveté masculine » ou bien : « La profonde diplomatie masculine ». L'homme que j'avais devant moi pouvait passer pour assez ordinaire. Son instinct lui enseignait pourtant qu'un aveu le mettait en sûreté, et qu'en se montrant dans sa faiblesse il recevrait peut-être un secours, que je lui indiquerais la voie d'évasion, l'allégement qu'il tardait à trouver...

– L'interruption des lettres ne coïncide pas avec une brouille, une...

– Impossible.

Il répéta : « Impossible » et ferma à demi les yeux avec une expression de sécurité et de délectation.

– Et... Et si elle avait simplement cessé de vous écrire?

– Comment dites-vous?

– Oui, si elle avait décidé tout à coup que... pour un motif grave, tout est fini entre vous?

Gérard Haume fut un moment avant de comprendre, puis il se mit à rire comme on rit sur la scène :

– Ha ha ha, ha ha, ha ha... Je ne vois pas, non, vraiment, je ne vois pas qu'une pareille éventualité...

– Pourquoi ça ne pourrait-il pas vous arriver? Ça m'est bien arrivé, à moi, dis-je avec aigreur.

Il se calma, mais garda son air de supériorité.

– Évidemment, vous ne pouvez pas imaginer... Notre attachement est d'une sorte si particulière entre elle et moi...

– Comme tous les attachements.

– Permettez! Il n'est pas ordinaire, il n'est pas courant que deux êtres, pendant deux ans, soient capables de ne se rien cacher, que toutes les heures de la vie d'une femme soient vouées au même sentiment, au même homme, au point que cet homme à chaque moment, peut regarder sa montre (il regarda sa montre) et se dire : « Il est neuf heures, elle se lève; il est dix heures, elle m'écrit; il est midi, elle s'achemine vers son logis; il est minuit, elle tresse ses beaux cheveux pour le repos; il est... »

– Je vous en prie! Nous n'avons pas le temps de célébrer l'emploi des douze heures.

– Pardon... Que pensez-vous d'une ingéniosité aussi amoureuse, qui permet à un amant éloigné de voir à travers la distance?

Je ne répondis que d'un signe. J'avais appris que devant certains aveuglements triomphants, rien ne vaut le silence.

– Est-ce... cette dame exerce une profession?

– Mais non, mais non, protesta M. Haume comme si j'avais voulu l'offenser. Elle est la plus modeste et la plus désintéressée des femmes, elle se contente d'une aide... que je voudrais plus digne d'elle, plus conforme aussi à la délicatesse de sa santé... Mon Dieu, mon Dieu, quand je pense que depuis dix-huit jours... Dix-huit jours!...

Il s'interrompit, étreignit à deux mains son front, et je l'entendis respirer précipitamment.

Une absence totale d'humour rend la vie impossible. Déjà la conviction de M. Haume, déjà le récit des malheurs de M. Haume m'étaient fastidieux, et c'est moi, pour une fois, qui lui demandai l'heure. Puis comme inspirée, – car je ne savais plus que dire –, je m'écriai :

– Vous n'avez pas essayé d'avoir Paris au téléphone?

D'un grand geste, il repoussa ma suggestion.

– Ça, non, vous savez!... Nous ne sommes même

pas rattachés la nuit, le bureau ferme à sept heures, la préposée déjeune officiellement de midi à deux heures, et le reste du temps on vous dit : « Vous avez environ deux heures d'attente. » Alors!...

– Évidemment.

Évidemment, Gérard Haume consentait à dépérir, envisageait de mourir d'angoisse, mais non pas d'attendre deux heures un coup de téléphone. Au fond je lui donnai raison, tout X... -les-Bains, de dix heures à midi, de deux heures à cinq heures, défilait à la poste, entendait les conversations téléphoniques à travers la porte mince d'une cabine qui ressemblait à un water-closet de jardin... Je tentai encore un effort :

– Mais pourquoi n'avez-vous pas pris le train pour Paris?

– Parce que je n'ai ni motif, ni excuse pour le faire, surtout pendant qu'Antoinette était malade, dit Gérard Haume honnêtement. Antoinette avant tout. Ça n'empêche pas que je sois malheureux, et je ne sais plus où donner de la tête. Jamais je n'aurais prévu...

Il consulta morbidement sa montre.

– Neuf heures cinq! L'heure où on lui apporte chaque jour ma lettre! s'écria-t-il.

C'était un vrai cri de douleur, je ne pouvais m'y tromper. J'aurais voulu poser à cet homme les questions qui me venaient à l'esprit : « Cette dame, votre maîtresse, qu'est-ce qu'elle faisait avant de vous connaître? A quoi s'occupe-t-elle dans la journée? Quelles gens fréquente-t-elle? A-t-elle des amis, des parents? Quels sont ses goûts? Quels livres lit-elle? » En lieu et place de toute inquisition utile, je n'ouvris la bouche que pour une banalité :

– Mais est-ce que vous ne pourriez pas, par son ou sa concierge...

– La concierge! interrompit M. Haume. Parlons-en! Une sinistre bougresse qui, quoi que j'aie essayé pour l'amadouer, me fait un œil... La concierge!

Il bomba les épaules, mit les mains dans ses poches en bougonnant des paroles indistinctes, mais que je n'eus pas de peine à traduire selon la connaissance que j'ai du Français moyen : M. Haume avait peur de la concierge.

Il prévit sans doute, et logiquement, la question qui allait suivre, et se permit un sourire romanesque :

– En fait d'amis, nous sommes le vingt-six juillet, Paris est un désert. Et vous n'imaginez pas combien un homme que la femme a toujours obsédé compte peu de vrais amis parmi les hommes. Sans quoi, naturellement...

Il se décida enfin à me regarder en face, d'un air soumis et explicite. Je hochai la tête.

– Oui. Ça vous serait bien commode, hein, que j'aille à Paris.

Il n'eut pas le courage de nier, et détourna de moi ses yeux bleus, qui se mouillèrent. Pour m'ôter l'envie de me rétracter, je pris dans mon sac à main – on disait « réticule » – une lettre que j'avais reçue la veille, et je la lui tendis. Il se trompa, tressaillit et se troubla profondément, en hésitant à la prendre. Après quoi il apprit, en lisant, que je me nommais, pour mon camarade et ami Georges Wague, « La Rate », et qu'une proposition de tournée en octobre « se dessinerait » si ma présence à Paris, chez l'agent Buysens, le vingt-sept juillet, à quatre heures...

– Le vingt-sept... Demain... murmura M. Haume. Vous ne nous l'aviez pas dit.

– Je voulais envoyer un télégramme, et ensuite répondre par lettre, en donnant pleins pouvoirs à Wague, et ne pas bouger, parce que...

Je me sentis rougir, et je restai sotte.

– Pourquoi? Pourquoi? demanda M. Haume d'une manière pressante.

– Tiens, parce que... Vous êtes bon, vous... Parce que Buysens, si l'affaire ne se fait pas, ne me comptera pas de défraiement pour mon voyage...

– C'est idiot, dit tout bas M. Haume. Après avoir rencontré votre agent, où iriez-vous?

– Nulle part... Je pensais rester à Paris.

Délivré, actif, l'œil inquisiteur et bleu d'ardoise, M. Haume nomma « providentielle » la conjoncture qu'il n'aurait pas osé espérer.

– Laissez, je m'occupe de tout, dit-il en se levant. Mais vous revenez ici. Si, si, vous revenez. Vous avez de l'amitié pour Antoinette, je le sais. Revenez. Ah! à propos, reprenez votre lettre, vous allez la lui montrer en rentrant... Elle m'appellera pour me la montrer, et je vous conseillerai de ne pas rater une affaire. Avant le déjeuner, j'aurai le plaisir de vous remettre un billet d'aller et retour... Oh! je vous en prie, un peu de simplicité! Quand on rend à un homme le service que vous allez me rendre... Convoquez Wague par dépêche et allez chez... Chose, l'agent... Ménagez-vous une heure pour aller chez Suzanne...

Il marchait vers l'hôtel à si grands pas, que la chatte crut à un jeu et prit le galop sur la pelouse.

– Nous vous gardons la chatte, dit-il comme s'il employait un argument suprême. Oui, oui, je sais qu'il faut l'enfermer la nuit. Je ne dois pas essayer de la promener le matin, n'est-ce pas, pendant ces deux jours? Bon. Je lui ferai apporter le lait bourru directement de la laiterie. Avez-vous besoin d'une valise minuscule? Ma femme en a une, elle vous la prêtera si vous voulez. J'espère qu'Antoinette aura encore meilleure mine quand vous reviendrez.

Il pensait à tout, recouvrait la présence d'esprit, l'ingéniosité propres à l'homme dont l'habitude est de manœuvrer, sur un échiquier semé de pièges, des pions femelles. Il parlait d'Antoinette sans aucun embarras, et prononçait son nom, que peut-être il bénissait, comme une formule conjuratoire. Car rien ne semble ténébreux, ni même cynique, aux yeux de l'homme qui, assuré d'un amour fidèle, a tout le loisir de souffrir par un autre amour.

Tout se passa comme l'avait décidé M. Haume. Je n'oubliai pas de jeter la lettre de Wague sur le lit où Antoinette rayonnait d'or neuf, et étrennait une nouvelle « liseuse », qui ressemblait, – velours bleu et un peu de paillettes –, à un manteau du soir. Elle jeta quelques plaintes enrouées en apprenant mon départ, et serra la chatte contre elle comme un otage... Son mari la contemplait, attendri, et regardait l'heure à son poignet. Elle voulait me prêter une valise, sa montre de voyage, une couverture, me charger des dons et des liens qui me ramèneraient promptement. Au moment où son mari annonça qu'il me conduirait à la gare, elle me cria, en levant la petite cuiller qui lui servait à déguster une grosse pêche parfumée :

– Et n'oubliez pas, si vous bouclez votre affaire

assez tôt, que vous avez un train demain soir à 9 h 57, avec couchettes, qui vous met ici à 5 h 50 du matin ! C'est la chatte qui serait contente, elle qui ne compte sur vous qu'après-demain soir !

A la buvette de la gare, M. Haume me remit une lettre cachetée.

– Vous voyez l'adresse : Mme Leyrisse, rue du Mont-Thabor. Je me permets de vous demander de choisir entre dix heures du matin et trois heures de l'après-midi. A dix heures, la masseuse, qui soigne Suzanne pour la circulation, a presque fini... Vous pourriez alors parler à Mme Leyrisse pendant l'heure de repos qui succède au massage. Si vous préférez trois heures...

– Mais si je lui téléphonais, avant, ce ne serait pas plus sûr ?

Les yeux baissés, M. Haume réfléchit en faisant tourner, dans son verre, un morceau de glace et le rayon brisé du soleil qui touchait l'horizon. Autour de la gare, écartée de l'agglomération, une vapeur fraîche s'étirait sur les pâturages et les petits jardins. Un peu plus haut siégeaient le lotissement, « Beethoven », et les autres « Brimborions ». En respirant l'odeur du soir et de l'herbe foulée, je me disais, songeant à la chaleur de Paris, que je n'étais pas la moitié d'une idiote...

– Non, dit enfin M. Haume. Ne téléphonez pas. Elle pourrait se méfier.

– De quoi ?

– Je ne sais pas. Elle est méfiante, par nature. Vous verrez bien. Vous vous débrouillerez. Il n'y a pas de raisons pour qu'elle refuse de vous recevoir. Du moins je n'en prévois pas.

– Bon. Est-ce que vous voulez un télégramme poste restante, après l'entrevue?

Il avait tout pesé d'avance et secoua la tête :

– Non. Si par chance vous prenez le train demain soir, la dépêche arriverait peut-être après vous. Quoi qu'il y ait à apprendre, j'aime mieux l'apprendre de votre bouche. Voilà votre train. Ce n'est pas un très bon train, malheureusement...

Il sauta lestement dans le compartiment, me tendit la main, baissa une des glaces, disposa avec promptitude ma mallette, mon manteau, les journaux. Je le laissais faire, déshabituée, depuis un long temps déjà, de recevoir les soins d'un homme.

– Bon retour, me cria-t-il, égoïstement.

Un appartement qu'on quitte pendant quelques semaines en profite pour changer d'aspect. Le mien, modeste et qui réclamait pour être aimable ma collaboration constante, ne m'attendait pas. Un livre ouvert sur le lit-divan, une lettre froissée tombée à côté de la corbeille, le rideau de la fenêtre soulevé : il n'en fallait pas plus pour me donner l'impression que mon arrivée venait de mettre en fuite je ne sais quel fantôme. Mais je n'avais pas de temps à consacrer aux revenants.

Comme onze heures sonnaient, je surpris Georges Wague chez lui. A midi moins dix nous discutions avec l'agent Buysens, rose, geignard et insensible. Une heure après, attablée dans un jardinet de bistrot sur la Butte, je tendais le dos à un soleil parisien, tamisé par le feuillage roussi, et nous faisions honneur au vin blanc et à l'épaule roulée. En contrebas du mur de clôture, d'autres jardins de Montmartre somnolaient, jonchés de pâtées pour les chats, de vieilles gloriettes, de petits groseilliers maigres, et plus loin des châtaigniers en fleurs, anciens et immobiles, avaient barré le passage à la montée de Paris. J'ai vu, l'an passé, qu'ils fleurissaient encore.

Vers deux heures et demie ma gaieté, fournie par la présence d'un bon compagnon, le vin blanc et un contrat dit « gentillet » – Bordeaux (rue Judaïque, le chef d'orchestre s'appelait M. Juif), Biarritz (en clôture de saison), Montpellier (quatre jours, ça paie toujours les frais généraux), Nice (oui, mais dans une petite salle), Monte-Carlo (oh! pas au Grand Casino, bien sûr!), Beausoleil (« qu'est-ce que tu as contre Beausoleil? Je te dis que l'établissement est épatant! ») –, ma légitime gaieté déclina : dans trente minutes il me fallait affronter, chez elle, la casanière, la ponctuelle, la délicate, la si modeste Mme Leyrisse.

Verso triste de la lumineuse rue de Rivoli, la rue du Mont-Thabor compte plusieurs maisons anciennes, dont tout le charme est à l'intérieur : escaliers et paliers largement développés, portes et impostes égayés de croisillons Directoire. En levant la tête pour vérifier le numéro de l'immeuble, je vis qu'un écriteau de location allait me fournir une entrée en matière digne de Fantomas.

Dans la paix ombreuse de la cour, une concierge lavait des poireaux.

– Madame, lui dis-je, je viens au sujet de l'appartement à louer.

– De l'appartement! répéta-t-elle. Eh bien, vous n'avez pas été longue à le repérer!

Elle égoutta les pâles chevelures de ses poireaux, et vint au plus près pour me mieux voir.

– Par qui donc que vous l'avez eu?

Je me lançai en plein roman :

– Mais par Mme Leyrisse. Est-ce qu'elle est...

L'ennemie de M. Haume m'interrompit :

– Ah! comme ça, je comprends! Elle préférerait que ce soye vous qui l'auriez après elle.

– Après elle?...

– Oui, puisqu'elle vous a donné le tuyau. Jusque ce matin, le propriétaire avait un candidat, c'est pour ça qu'il n'y avait pas d'écriteau, mais le candidat a lâché. Du moment que Mme Leyrisse vous envoye... Vous connaissez l'appartement? Sans les meubles, ça l'agrandit beaucoup, voulez-vous le revoir? Je vous l'ouvre, vous passerez la revue et vous me rapporterez les clefs.

On peut croire qu'en suivant la concierge je me taisais prudemment. Elle m'abandonna dès le seuil d'un sombre salon carré, dont le beau parquet ancien, en chevrons de chêne, geignait sous mes pas. Un second salon succédait au premier, mais sur le papier de tenture demeuraient l'empreinte du lit, la trace haute et rectangulaire de quelque semainier, celle d'un grand miroir ovale. Un parfum jeune et banal errait dans l'obscure salle de bains, d'où mon image, passant sur la glace du lavabo, me chassa –, aussi bien je ne demandais qu'à être expulsée. Sur la boiserie bleu tendre de la chambre à coucher, dans l'embrasure de la fenêtre, je lus quelques mots crayonnés sans ménagements : *Dédé revient dans une demi-heure avec le taxi.*

M. Haume avait donc tout prévu, sauf le plus probable. J'eus hâte de retrouver, dehors, la bonne chaleur de l'été.

– Ça vous plaît? me demanda rondement la concierge.

– Pas mal, pas mal...

– Il sera vite enlevé, je vous en réponds, si vous ne vous décidez pas.

– Je le crois. Il avait été question, entre Mme Leyrisse et moi, d'une reprise... Mais je vois qu'au dernier moment elle a tout emmené. Si elle repassait, voulez-vous vous charger...

En même temps que la lettre préparée par M. Haume, je tendais un billet plié.

– Je remercie beaucoup Madame. Mais tout ce que je peux faire pour Madame, c'est de lui dire que je serais surprise que Mme Leyrisse repasse. Elle a tout réglé recta, ça fera dimanche quinze jours. Madame ferait mieux de reprendre sa lettre...

Je la repris. La concierge souriait sous sa petite moustache couleur de feu, visiblement oxygénée. Je n'eus pas envie d'insister encore un peu, de m'enferrer encore un peu. Je n'avais gagné, au moyen d'un fort pourboire, que d'être appelée « Madame », à la troisième personne. Quand on se mêle de soudoyer, il y faut la manière... J'avais donné un trop gros billet.

Dans le train du soir – celui-là même que m'avait conseillé Antoinette –, je me réjouissais que l'évasion de Mme Leyrisse m'eût ôté toute chance de la rencontrer. Et sans préparer encore la relation orale de ma mission manquée, j'invectivais Gérard Haume, et moi-même par ricochet : « Il m'ennuie, ce type voué au bleu! Et ce n'était vraiment pas chic pour Antoinette, ce que j'avais accepté là. La bonne femme a pris le large? Eh bien, elle a pris le large. Il faudra bien qu'il s'y fasse... »

La nuit étouffante se changeait, à mesure que je m'éloignais de Paris, en nuit tiède et légère, puis en nuit fraîche, progressivement refroidie sur des prés, sur une longue forêt, sur des ruisseaux invisibles. Le plaisir oublié d'avoir froid m'atteignit avec le sommeil, peu avant l'aube, et je m'éveillai pour mettre pied à terre dans la petite gare isolée, devant laquelle somnolait l'attelage d'un omnibus d'hôtel.

En ouvrant sans bruit ma chambre je n'étonnai pas la chatte, qui m'accueillit avec un bonheur calme. Par un sens que l'homme n'a pas su nommer, elle m'avait peut-être vue approcher. Elle ne fit que pousser rudement son front sous ma main, ronronner, et me suivre du regard pendant ma toilette. L'odeur des orangers, la vapeur sulfhydrique des sources se glissaient énergiques entre les lames des persiennes closes, présageant une chaude journée. J'évitais de heurter un meuble, de faire claquer les fermoirs de la mallette, et j'eus soin de modérer la pression de l'eau en ouvrant les robinets.

« Et maintenant, pensais-je, attendons le sale moment... » Mais mon appréhension n'allait pas sans cette mauvaise hilarité profonde, cette saccade de l'estomac par où un être humain prouve à l'espèce humaine son hostilité. Nous ne rions pas d'un cheval qui tombe, ni d'un chien écrasé. Mais nous avons parfois de la peine à nous tenir convenablement si la brave dame qui marche devant nous s'étale sur le verglas, ou quand le monsieur qui porte un petit paquet fragile manque du pied le bord du trottoir.

Gérard Haume, amant trahi, perdait des points dans mon estime. La femme de nos latitudes est impitoyable pour l'homme trompé. Gérard Haume avait eu affaire, c'est vrai, à une maîtresse de basse qualité, celle qui file avec les meubles, efface sa trace, et se délecte : « Non, la tête qu'il va faire! » N'empêche que le moins bon de moi se berçait aussi de la tête qu'il ferait. L'homme trop occupé des femmes, reçoit d'elles, un jour, sa punition.

Le temps me pressait. Dirais-je la vérité? Prétendrais-je n'être pas allée rue du Mont-Thabor? Un grattement léger frôla ma porte. Je ficelai mon kimono autour de ma taille et je n'ouvris qu'à moitié.

– J'ai entendu la voiture, souffla Gérard Haume. Vous pensez bien que je ne dormais pas. Laissez-moi entrer un instant chez vous.

– Certainement non.

– Pourquoi?

– Parce qu'on pourrait vous en voir sortir. A cause d'Antoinette, voyons. Elle va bien?

– Très bien. Au nom du ciel, dites-moi un mot qui me rassure!

Il parlait en coinçant sa figure dans l'entrebâillement que je maintenais, et je tâchais d'éviter son haleine d'homme à jeun qui a beaucoup fumé et s'est brossé les dents. En robe de chambre bleue, un foulard noué au cou, il n'avait certainement pas dormi de deux nuits. Sa barbe de la veille se dressait, en poils de brosse, dans le long pli de ses joues, et je fis la remarque qu'il aurait pu se raser, tout de même, depuis le temps qu'il avait entendu la voiture! Pour la première fois j'aperçus, nus, ses pieds maigres dans ses pantoufles, et sans savoir pourquoi j'en eus horreur.

– Vous l'avez vue? Elle est vivante?

La dernière question, posée sur un ton bas et insensé, me permit d'affirmer :

– Très vivante! Allez-vous-en, nous causerons tout à l'heure...

– Non. Tout de suite.

– Comment?

– Tout de suite.

– Si ça me plaît, dites donc.

Je m'irritais hors de mesure, en somme, et uniquement parce qu'il me donnait encore une fois la preuve de son indifférence totale. Il ferma les yeux comme s'il s'évanouissait et insista humblement. Je le laissai entrer, car je crus entendre un pas dans l'escalier. Je lui indiquai l'unique fauteuil, et m'assis sur le bord de mon lit, assez loin de cet homme qui visiblement se possédait mal, et que j'allais frapper.

– Enfin!... Tout s'est bien passé? A quelle heure y êtes-vous allée?

– A trois heures.

– Bravo!

– Pourquoi bravo?

– Parce que j'ai envie d'applaudir tout ce que vous m'apprenez d'elle.

Il sourit, les angles anxieux de ses traits s'adoucirent, et ses yeux brillèrent d'un bleu nouveau. Derechef il fut apte à séduire.

– Elle n'a pas été obligée de s'absenter de Paris? Elle est très jolie, n'est-ce pas? Car vous l'avez vue? Elle vous a reçue? C'est vrai? Dites, c'est bien vrai?

Il se leva, passa entre la fenêtre et moi, m'obligeant à me tourner vers le jour.

– Elle a dû être étonnée? Quelle robe avait-elle? La verte, avec une collerette de lingerie très abondante? Non? La gris argent à ceinture de cuir rouge brodé? Ah! j'ai deviné?

Je fis un mouvement qui pouvait passer pour une affirmation, et M. Haume avança sur moi d'un pas.

– J'en étais sûr. Vous mentez. Vous n'êtes pas allée rue du Mont-Thabor.

– Si, j'y suis allée.

– Non. Car Suzanne n'a jamais porté – elle est bien trop superstitieuse! – jamais porté de vert. Et quant à la robe gris argent, elle n'existe que dans mon imagination. Vous ne vous attendiez pas à ça, hein? On ne saurait penser à tout!

Il ricana d'une manière victorieuse, se tamponna les tempes et consulta sa montre.

– Seulement, dit-il, tout est à recommencer maintenant. Je m'en fous, j'en ai assez. Je pars pour Paris ce soir.

Il marcha de long en large, perdit une de ses pantoufles, la ramassa en crispant son orteil pâle et soigné, dont je ne pouvais supporter la vue. En atteignant la porte il fit volte-face brusquement.

– Pourquoi m'avez-vous fait ça? Il fallait me le dire, que vous n'iriez pas! Qu'est-ce que ça vous faisait? Il fallait me le dire!

Il criait tout bas, comme nous crions en rêve.

– A moins qu'elle n'ait pas voulu vous voir? A moins qu'elle...

Il se tut, et attendit ce qui allait venir.

– N'allez pas à Paris, dis-je. J'ai fait ce que je vous avais promis de faire. Il n'y a personne rue du Mont-Thabor. L'appartement est à louer.

Son silence me parut long.

– A louer? Pourquoi à louer? dit-il enfin, plaintivement.

– Il est vide. Je l'ai visité. La concierge m'a dit que la locataire est partie depuis quinze jours sans laisser d'adresse.

L'homme que je venais de frapper semblait occupé d'une profonde rêverie. J'écoutais avec inquiétude des pas dans l'hôtel, et je songeais qu'Antoinette pouvait s'éveiller...

– Et vous disiez... vous disiez que vous avez visité l'appartement? Et qu'il est vide?

– Tout à fait vide.

– Tout à fait vide... chantonna M. Haume. Tout... à... fait...

– Vous savez qu'il est sept heures moins le quart? Allez-vous-en, je vous en prie.

– Oui... Tout... à... fait vide... Pas un bout de papier? Pas une chaise? Pas un livre? Rien?

Il grattait sa barbe d'un air absent. Il ne m'accordait aucune attention.

– Si, dis-je. Il y avait quelque chose d'écrit au crayon sur le mur.

– Quelque chose pour moi?

– Je ne pense pas. Il y avait : *Dédé revient dans une demi-heure avec le taxi.*

Il parut ne pas entendre tout de suite, et je n'osai pas me répéter.

– Pourquoi me racontez-vous cela? dit-il enfin.

– Quoi? L'inscription sur le mur? Mais vous venez de me demander s'il y avait quelque chose.

– Tt, tt, tt, fit-il en levant la main pour m'interrompre. Ne jouez pas sur les mots. Ce que vous me rapportez là, il n'était pas indispensable de me le rapporter. Ce n'est pas un renseignement utile. Ce n'est pas non plus un renseignement amical. Ça ressemble de votre part à une... méchanceté personnelle.

– Vous me comblez. Je vous remercie d'y avoir pensé.

Il fit un geste comme pour protester qu'il n'y avait pas de quoi, ou bien qu'il ne se souciait guère de mon opinion. Et serrant sur son corps maigre la corde de sa robe de chambre, il se dirigea vers la porte.

– Attendez! On marche dans l'escalier.

Il patienta quelques secondes, pendant que décroissait le bruit des pas, et sortit en esquissant un petit salut. Tout au désastre présent, cherchait-il à remonter jusqu'au caprice, jusqu'à la petite convulsion lointaine du hasard qui m'avait apportée à X...-les-Bains? Il avait d'autres soucis. Mais moi, je restai debout à renouer des maillons de coïncidences, à recenser les chances qui m'avaient été données d'habiter, puis de ne pas habiter le « Brimborion »... Ici intervenait Mlle d'Orgeville, assombrie de lourds joyaux...

Férue de médiocrité et d'amour simple, quel dommage que Mlle d'Orgeville eût trébuché sur un homme des Amériques lointaines... Je ne remontai pas plus haut à travers les *fatum*, coup de chance, malencontre et autres *mektoub*. Comme dit Georges Wague : « Quand on pense que si Ève et Adam n'avaient pas " fait des choses " ensemble, je n'aurais pas aujourd'hui ma petite maison dans l'île de Bréhat! »

Je ne m'accordai aucun lâche délai, et vers onze heures et demie j'étais dans la chambre d'Antoinette que je trouvai debout, la peau transparente et rose, plus éclatante que ne l'eût été, après une maladie, une femme réellement robuste.

– Je déjeune en bas! me cria-t-elle. J'ai la permission! Mais pas sur la terrasse découverte, dans la véranda seulement. Alors, cette tournée? Ça y est?

– Ça y est.

– Que je suis contente! Pas trop fatiguée? Et combien?

– Combien de quoi?

– D'argent pour vous, voyons!

Elle ouvrait grand ses yeux, gonflait sa forte bouche, se faisait avide pour mon compte.

– Mais ça ne se calcule pas comme ça, Toni! D'une part j'ai un fixe garanti, et puis au-dessus d'un certain chiffre de recettes, j'ai un pourcentage.

– Oh! c'est beaucoup moins amusant. Comment est Paris?

– Tout en groseilliers, avec des châtaigniers dans le fond, et par-dessus une tonnelle en vigne et en tilleuls.

– Qu'est-ce que c'est que cette histoire? Tu l'entends, Gérard?

Gérard, enfermé dans sa chambre, ne répondit pas.

– Je vous raconte de Paris ce que j'en ai vu, j'ai déjeuné dans un bistrot-jardin de Montmartre! La chatte n'est pas sortie ce matin, je descends avec elle et je vous retrouve à table, midi tapant.

A midi, Antoinette m'attendait, un manteau léger sur les épaules, un peu essoufflée, émue de sa première sortie et riant au maître d'hôtel. Je posai devant elle un bouquet de pavots rouges bien ouverts, leur coupelle montrant, à la base des pétales, la macule d'un noir bleuté.

– Voyez, quelles belles créatures! Épanouies comme vous! Votre mari descend?

– Non... Il n'est pas bien, figurez-vous. Il ne veut pas déjeuner.

– Allons, bon! Lui, le « roc », indisposé?

– Oui, dit Mme Haume d'une voix hésitante. Il s'était recouché... Quand j'ai été prête, je l'ai appelé, il m'a répondu quelque chose que je n'ai pas compris... Et je crois bien – excusez ce détail – je crois bien que je l'ai entendu rendre...

– Comment dites-vous?

Je posai ma serviette froissée sur la table, et Mme Haume s'agita.

– J'aurais dû entrer chez lui, vous croyez?

– Pourquoi ne l'avez-vous pas fait?

– Je ne pouvais pas, il avait mis le verrou... Il est tellement coquet, si vous saviez, il ne se laisse jamais voir en posture désavantageuse...

– Et s'il s'est trouvé mal?

Elle me regarda, et sa figure refléta aussitôt l'inquiétude qu'elle lisait sur la mienne. Il n'était plus question de déjeuner.

– Ne courez pas, Toni, ne courez pas, disais-je en courant moi-même. Vous allez vous congestionner... Votre mari n'a sans doute qu'un arrêt de digestion...

– Une fois, il a eu une syncope... haletait Mme Haume.

– Quand ça?

– Il y a... je ne sais plus, moi... Mais il m'a défendu de le dire...

Le reste n'est pas difficile à imaginer. Je ne franchis pas, car Antoinette me pria de n'en rien faire, le seuil de la chambre où Gérard Haume homme faible et de décisions passionnées, avait déjà rejeté la plus grande partie d'un toxique, pris heureusement à dose massive et violemment émétique. Le docteur Ruhl, s'il eut là-dessus une arrière-pensée, la dissimula sous des paroles abondantes, propres à former la conviction d'Antoinette. Elle les résuma dès le lendemain pour l'édification de son mari, épuisé et plat au fond de son lit.

– Quand on veut rendre, professa-t-elle, on se fourre un doigt dans le gosier, au lieu de toucher à des produits qu'on ne connaît pas. C'est pourtant simple, de rendre! Je fais ça, moi, avec une maestria! Je sors deux minutes, je reviens, personne ne se doute que je suis allée rendre!

Elle insistait sur le mot et c'est moi qui avais mal, comme on dit, au cœur.

– Tu risquais la mort, Gérard. Est-ce que tu t'en rends compte, maintenant?

– Je m'en doute, dit une voix faible sous la moustiquaire.

Car la pluie, tiède et sans brise, apportait de l'ouest les mouches, des nuages d'éphémères inoffensifs, et des moustiques fort bien armés. Pendant la semaine qui retint Gérard Haume couché, j'entrai rarement dans sa chambre. Si j'y pénétrais, il se tournait vers le mur. Sous le gros tulle, je pouvais distinguer le geste machinal par lequel il consultait la montre bouclée à son poignet. Et je plaignais dans mon cœur le pauvre homme qui souffrait, et qui me gardait rancune.

Vint le beau temps frais, qui emporta les anophèles et ramena un vent printanier. La base des montagnes jaunissait sous les blés à courte tige et les seigles plus pâles que les blés. Je trouvais longues les heures. Je décidais de partir pour Paris, je restais, parce que Gérard Haume m'en voulait.

Quand la moustiquaire roulée remonta vers le plafond, il ne me livra rien de ses yeux bleus creusés, qui semblaient avoir pâli dans l'ombre. Il recevait les soins de sa femme avec une condescendance tendre, qui la comblait.

Un matin qu'elle devait se rendre chez le coiffeur, elle me pria, d'un signe, de veiller sur son convalescent. Je pensais m'en acquitter de loin, car il n'avait besoin de rien, et je m'établis, entre un livre et la chatte, dans la chambre de Mme Haume. Puis l'impatience me prit, et je passai chez M. Haume.

– Gérard Haume, dis-je, je compte partir dans quatre jours.

Il ne détourna pas les yeux de l'horizon jaune et bleu :

– Vous m'en voyez navré.

– Pas moi, repartis-je. Nous avons mal fini la saison. Mais je ne regretterai ni ceci, ni cela, ni tel mot, ni telle démarche, si je pars assurée que rien de mauvais ne menace celle que j'appelle en moi-même l'admirable Antoinette.

M. Haume vérifia le bon ordre de son pyjama, bleu clair fileté de bleu foncé. Le geste maniaque de son bras gauche amena sous son regard le cadran de sa montre. Il parut sur le point de parler, mais ne parla pas. Soudain il détacha de son poignet le bracelet de cuir, et le lança par la fenêtre.

S'il n'avait ensuite – pudeur ou chagrin? – posé son avant-bras en travers de ses yeux, j'aurais bien serré, par une sorte de gratitude, ce poignet nu marqué d'un cercle blanc. Mais, hardies souvent à mal faire, les femmes sont gauches quand s'offre l'instant de se montrer émues, et simples. Je m'abstins donc de porter la main sur ce poignet exorcisé, et je retournai dans la chambre voisine, où je n'attendis d'ailleurs pas le retour d'Antoinette. Je partis pour le « Brimborion », auquel je voulais rendre une visite de convenances.

Une voiture de place verdâtre et moussue m'emmena, au trot d'un cheval absorbé dans ses derniers songes terrestres. Entre les lattes de la clôture, les touffes d'herbe avaient jauni, et les petits troènes, que personne n'arrosait, souffraient de la soif. Je ne franchis pas le seuil d'une maisonnette à laquelle je ne devais ni plaisir ni reproche.

Où, sous quelle égide, peinait, dansait, aimait la principale locataire? Une lettre moisie, collée par une pluie récente à l'intérieur de la boîte aux lettres mal jointe, ne me l'apprit pas, car elle fondit presque entre mes doigts. Il ne resta, d'un message écrit par Mlle d'Orgeville, que de longues larmes d'encre violette, une flamme de yacht délayée. Mais je ne regrettai pas que le message demeurât illisible sauf quelques mots d'une importance générique, majestueuse et banale, tels que « jamais... tempête... cent mille... malade... ». A quoi bon en savoir davantage?

La lettre à demi dissoute, qui m'échappait par lambeaux détrempés, dispersa la première confidence véritable de Mlle d'Orgeville. Le jour où, soulevant mollement ses entraves de diamants, elle l'avait interrompue aussitôt que commencée, son geste inachevé me déléguait vers un but vacillant : Gérard Haume, porteur d'un secret qui exigeait d'être partagé. Ce rôle de mandataire – le mien – est hasardeux. Je le constatais une fois de plus, au prix d'un petit mal contus, sans gravité. Puis, ayant pris congé du « Brimborion », je m'en fus récupérer les biens dont je ne présumais pas, en ce temps-là, qu'ils seraient précaires : ma chatte, mon vœu de voyager, et ma solitude.

– Pourquoi voulez-vous voir le « Brimborion »? Il est si laid!

Antoinette ferma à demi les yeux, pencha la tête pour toiser d'un air artiste la montagne jaune et bleue.

– Parce que c'est au « Brimborion » que je dois de vous connaître. Je n'espère pas beaucoup vous revoir... Non, ne protestez pas...

– Je n'ai rien dit.

– On ne recommence pas un hasard, on ne se rencontre pas deux fois dans une petite ville d'eaux. Vous m'avez dit vous-même que vous n'aviez jamais, de votre vie, loué un petit chalet affreux, ni écouté le conseil d'une Mademoiselle d'Orgeville...

Elle pouvait continuer, la bonne Antoinette. Il valait mieux qu'elle ignorât qu'une conflagration de hasards constitue une sorte d'engagement, qu'il y a une routine de l'imprévu. Une conjoncture nous semble unique parce que nous ne sommes pas assez subtils pour discerner qu'elle fait pendant, vêtue de neuf, à un vieux hasard identique...

– Antoinette, les hasards vont par paires, quelquefois même par douzaines, et suffisent à désespérer par leur monotonie toute une existence.

– Pour qui dites-vous ça? Pour vous, ou pour moi?

– Ni pour vous, ni pour moi. J'espère que nous sommes d'assez grandes personnes pour pouvoir être heureuses ou malheureuses avec variété, entrain et imprévu.

– Oui...

C'était un « oui » bien vague, empli pourtant de plus de sens et d'arrière-pensée qu'Antoinette Haume n'en faisait tenir dans ses propos habituels. Mi-étendue pour obéir au docteur Ruhl, elle abandonnait sur ses genoux un ouvrage d'aiguille, une batiste ajourée, foncée de toile cirée verte. L'odeur de cette toile, sa couleur crue et triste me ramenaient à l'activité vaine de ma demi-sœur, l'aînée, Juliette, à ses petites mains de brodeuse adroites et dures. Quand Antoinette, étendue, se taisait, et que le bec de son aiguille bronchait sur la toile verte imprégnée d'odeur cireuse, je levais la tête, étonnée que la brodeuse fût cette inconnue, Mme Haume, et non ma demi-sœur, laide joliment sous sa tourelle de cheveux nattés...

– Comment appelez-vous ce... ce truc, ce petit travail, Antoinette?

– Sans reproche, vous me l'avez déjà demandé au moins trois fois. C'est de la broderie Colbert.

– Merci. Je vous le redemanderai encore. Continuez, Antoinette. Exposez-moi les idées que vous avez sur le hasard.

– Oh! moi, vous savez...

Elle s'arrêta comme par modestie. La chaleur vive lui permettait de porter une robe de lingerie. Nous ne parlions plus de ce qu'elle nommait son indisposition. Son teint avait repris l'éclat qui faisait d'elle une belle femme. Une belle femme vraiment, enluminée comme une pêche de Montreuil grâce aux 37° 8 quotidiens entre cinq et onze heures du soir. Pensait-elle, sans se confier à personne, que son avenir, et la part que s'y taillerait le hasard, ne valaient qu'un petit « oui » de complaisance?

– Je voudrais voir le « Brimborion », Colette!

– Allons donc voir le « Brimborion ». Votre jour sera le mien.

Car j'avais encore retardé d'une semaine mon départ, et ma froide réconciliation avec M. Haume n'y était pour rien. Un temps d'or poudreux, qui mouillait le matin le nez de la chatte, les feuillages et les guéridons de la laiterie, excitait chez Antoinette une petite toux facile, qu'on entendait à peine et dont la discrétion contrastait avec sa grosse voix râpeuse. Mais elle disait, quand une brume blanche barrait, par bancs horizontaux, le pied des montagnes :

– Le temps n'est pas humide à proprement parler, ce sont des vapeurs.

Les baigneurs d'août succédaient aux baigneurs de juillet. X...-les-Bains recevait moins d'enfants et plus de jolies femmes. Un jeune homme bien tourné, mais l'œil creux et la main pâle, marqua qu'il était occupé de Mme Haume, de sa gorge ronde et de sa taille sanglée. Antoinette me confia que son mari y avait « mis bon ordre », et qu'une « altercation » dans le vestibule du Casino... Elle rayonnait d'orgueil, moins à cause de l'attention du jeune homme que de l'intolérance de Gérard.

– Un malheureux malade, ce jeune homme, de toute évidence. La chose ne valait pas une algarade pareille. Mais Gérard est ainsi fait.

Ainsi fait, Gérard enfermé dans son chagrin comme une larve dans sa pulpe, ne songeait à aucune solution tragique. Je n'en voulus, pour preuve, que les tickets de pesée délivrés par le pharmacien, qui s'égaillaient lorsque Gérard tirait de sa poche un mouchoir bleu-gris. Chez le même pharmacien il achetait du porridge.

Mais il vivait encore loin de nous. J'aime que l'on souffre avec discrétion, je m'y efforce moi-même le cas échéant. Plusieurs fois, pendant un repas lourd de mouches, pendant une partie de cartes, j'éprouvai le besoin d'adresser, à cet homme qui peinait au loin, des signes du bras, des cris : « Hep! Tenez bon! Encore une cinquantaine de brasses et vous prenez pied! » Mais ce sont des choses qui ne se font pas.

Un jour Antoinette s'écria :

– Tiens, tu n'as pas ta montre?

– Non, dit Gérard Haume. Je l'ai perdue.

– Par exemple! C'est bien toi. Et depuis quand?

Il prit un temps, parut chercher :

– Depuis... hier. Ou avant-hier.

Aucun coup d'œil dérobé ne me fit complice de son mensonge. Il continua tout seul le chemin de sa guérison. Courageux à sa manière, je remarquai qu'il avait supprimé le geste de regarder l'heure à son poignet.

Un landaulet de louage, qui faisait autant de bruit qu'une batteuse, nous emmena tous trois. Nous devions donner un coup d'œil au « Brimborion », et monter ensuite jusqu'au Saut-du-Berger. Assis sur le strapontin, Gérard Haume nous faisait face, et je sentis que je ne supporterais pas longtemps son effort continu vers la bonne humeur et l'apparente insouciance.

– Pourquoi ne montez-vous pas à côté du chauffeur? C'est la meilleure place.

– J'y perdrais, dit-il poliment. Permettez-moi, si mes grandes échasses vous gênent, de ne changer de place qu'après la visite au « Brimborion ». Vous connaissez, n'est-ce pas, la légende du Saut-du-Berger?

– Oui, oui, m'écriai-je. Personne ne me l'a laissée ignorer! Ni vous, ni la femme des bains, ni le garçon du restaurant, ni le petit coiffeur italien, ni la jeune fille de la laiterie. De quelle cime, en France, un berger, une bergère n'ont-ils pas sauté par-dessus un abîme, soutenus dans l'air par la Vierge, par un ange, par un mouton ailé, par une chèvre nimbée...

– Non, dit gravement Antoinette. Pas par une chèvre. Jamais par une chèvre. On n'est jamais sauvé par certaines espèces d'animaux.

– Ni par certaines gens, ajouta Gérard Haume.

Je me mis en tête qu'il me rangeait parmi ces « certaines gens » et je rougis. M. Haume regardait X...-les-Bains qui se creusait en cuvette, à mesure que nous montions vers la région des chalets. Le bleu passionné et changeant de ses yeux n'exprimait qu'un intérêt touristique. « Dans quelque quinze jours, trois semaines, pensai-je, la longue dépression dans ses joues sera sans doute comblée, s'il mange régulièrement. Alors l'orbite semblera moins profonde. Je ne verrai pas ce Gérard Haume rajeuni. Seuls les iris de ses yeux resteront pareils à eux-mêmes, plutôt pers que bleus, car ils contiennent, divergents comme les rais d'une roue, des tigrures faiblement dorées, tandis que le cercle, la jante de la roue, est couleur d'ardoise très sombre... Ah! voici, enfin, et damné soit-il, le " Brimborion ". Un coup d'œil, et fuyons... »

– C'est là! Chauffeur!

– Mais non, ce n'est pas là, dit Antoinette. Celui-là est habité.

Nous avions raison toutes deux. L'herbe jaune entre les lattes de la palissade, les troènes exsangues et l'ampoule électrique extérieure au bout d'un tube en col de cygne, je m'y fusse trompée, le quartier en foisonnait. Mais que je visse en même temps, sur la plus haute marche du perron, une femme assise, je ne l'admettais pas encore...

Assise sur la pierre du seuil, les joues dans ses mains et les coudes sur ses genoux écartés, Mlle d'Orgeville semblait nous attendre, quoiqu'elle ne portât, à cinq heures de relevée, qu'un kimono imprimé, des mules en soierie imitation, et qu'elle laissât flotter sur ses épaules ses cheveux mi-longs et bouclés. Durant que j'hésitais, elle me reconnut, se leva et me dit sans l'ombre d'étonnement :

– Pour une surprise...

Puis elle sourit, recouvrant en un moment sa bonne grâce naturelle :

– Je ne suis guère en tenue; mais si vous voulez me faire le plaisir d'entrer...

Gérard Haume mit pied à terre pour m'aider à descendre, et je fis les présentations :

– Monsieur, enchantée... Madame, enchantée, dit Lucette.

Elle tenta de rassembler ses cheveux, la manche du

kimono glissa sur son bras, découvrit l'aisselle châtaine, non épilée, et sur l'épaule un gros signe noir qui me rendit la présence de Lucette bien réelle : Mlle d'Orgeville, pour la scène, agrandissait son signe au crayon gras.

– Non, non, s'écria Antoinette, ne relevez pas vos cheveux, c'est bien plus seyant comme ça! Quels ravissants cheveux!

– C'est du *Hennédor 22*, dit Lucette en toute sincérité.

– Du *Hennédor 22*, répéta Antoinette. Vous pouvez croire qu'un renseignement aussi précieux ne sera pas oublié.

– Je ne fais que d'arriver, repartit Lucette, je suis bien mal montée pour vous offrir des rafraîchissements...

– Vous n'y pensez pas! Nous sortons de table! D'ailleurs, il faut nous sauver si nous voulons atteindre le Saut-du-Berger avant cinq heures.

– Ah! dit Lucette d'un ton pénétré. Du moment que c'est un rendez-vous... Mais peut-être que Monsieur aurait aimé se rafraîchir?

Monsieur attendait, un peu à l'écart, son chapeau à la main. A son attitude légèrement hanchée, au soin qu'il prenait de tenir le regard haut pour que le bleu de ses yeux fût évident, je vis bien qu'il usait, en l'honneur de Lucette, de ce que j'appelle un effacement à crever les yeux.

Quelques minutes plus tard j'étais seule avec Lucette. Je cherchais les traces d'un voyage par mer, d'un naufrage, d'une aventure exotique, et je me permis de la questionner.

– Vous croyez donc, me dit-elle ironiquement,

qu'on fait beaucoup de chemin en six semaines, sur un yacht?

Nous nous étions assises côte à côte sur la pierre du seuil et elle avait remis son visage entre ses mains. Ses cheveux épars empiétaient sur son jeune visage fatigué.

– Vous avez eu quand même le temps de faire un joli voyage?

Elle souleva les épaules en signe d'indifférence.

– Oh! vous savez... Ce qu'on trouve ne vaut pas toujours ce qu'on quitte. J'ai eu des mots avec ce type, sur le yacht. Déjà, quand je vous ai écrit, ça allait de travers nous deux.

– Avec le type aux diamants?

– Oui. Je n'ai plus le type, ce qui serait plutôt une chance, mais je n'ai plus les diamants.

Elle bâilla derrière sa main.

– Oh!... Et comment est-ce arrivé?

– Comme ça. C'est toujours un peu la même histoire, vous savez. Un type qui était aimable et tout devient de but en blanc le contraire. Celui-là m'a enfermée dans ma cabine et attachée. Alors il a eu facile de me reprendre les bibelots.

– Attachée? Mais quelle histoire! Mais c'est abominable! Et qu'est-ce que vous avez fait pour vous tirer de là?

– Je me suis arrangée, dit-elle laconiquement. L'important c'est que je m'en sois tirée. Et je suis venue ici : question d'économie d'abord. La location court jusqu'au 15 septembre. Après, je me retournerai.

J'eus un moment le soupçon qu'elle « brodait ». Puis je fis crédit à la placidité parfaite, à l'accent de morne vérité. L'aventure va à qui en est digne par le sang-froid, la fermeté du cœur, le mépris de l'exceptionnel. Elle ne laisse pas de traces, ou si peu... Lucette bâilla de nouveau, s'en excusa :

– C'est la fatigue. Et j'ai mal mangé dans ce train. Aussi, ce soir, on s'envoie une salade de tomates, une côte de veau épaisse comme mes deux mains, un grand bol de framboises et un fromage de chèvre...

Elle sourit avec convoitise.

– Alors, vous êtes allée habiter à l'hôtel avec vos amis, reprit-elle, au lieu de prendre mon cottage? Qui c'est, ces gens-là?

– Des gens très gentils.

– Je vois.

– Ils vous ont sûrement trouvée ravissante. Le fait est que ces cheveux en boucles...

– Oui, dit-elle gravement. C'est une coiffure que je travaille, qui n'est pas encore au point. Comme je ne peux plus me coiffer en l'air...

Elle leva les bras, rassembla ses cheveux, et ses seins bien attachés montèrent sous l'étoffe du kimono.

– Pourquoi?

– Une cicatrice. Ça fait vilain. C'est cet enquiquineur du yacht. Ajoutez qu'il m'a débarquée de nuit sur une petite corne des Baléares, où c'est tout rochers, agaves et trucs qui piquent. Qu'est-ce que j'ai pris. Et ce que j'ai sur le cou n'est pas encore bien fermé. Enfin!

– Et vous n'avez pas porté plainte?

– Il y avait plus pressé.

Elle sourit encore :

– J'attends Luigi.

– Non?

– Si. A huit heures douze.

Elle rougit fougueusement, baissa la voix :

– Aussi je me suis dit, à tant faire, ce n'est pas la peine de m'habiller...

Elle croisa les bras avec force sur ses seins qui se révoltèrent, aspira l'air chargé d'un or poudroyant et des premières fumées du soir.

Quand les Haume revinrent me chercher, elle leur accorda un minimum d'attention, mais leur cria : « Bye-bye! » avec beaucoup de cordialité.

Il arriva ensuite que détendu, baigné de je ne sais quelle suavité, Gérard Haume se mit, comme on dit, en frais pour moi. Mais ruse contre ruse, l'instinct féminin se souvient qu'en tout stratagème il fut l'aîné. Quand Gérard Haume m'apportait le roman nouveau, des gâteaux dits puits d'amour, un gros bouquet paysan cueilli par les enfants sur les pentes, cordé d'osier et plus dur qu'une botte de salsifis, je regardais sans plaisir ces dons tombés au creux de mes genoux. A Antoinette échurent de jolis ciseaux en bec de cigogne, une « châtelaine » ancienne d'acier ajouré et ses accessoires. Le voyant gai et un peu fébrile, elle s'épanouissait. Il sortait, revenait, se jetait dans les fauteuils de la terrasse avec une pétulance de jeune homme. Cinq jours, six jours passèrent paisibles. Antoinette m'arracha la promesse de lui « consacrer » encore une semaine... Un jour M. Haume, en nous rejoignant devant l'orangeade quotidienne, s'écria :

– J'ai rencontré la charmante Mlle d'Orgeville! Figurez-vous qu'elle nous invite demain à goûter.

– Où ça? s'enquit Antoinette.

– Mais, au « Brimborion »...

– Où l'as-tu rencontrée?

– Par là... Du côté de la pharmacie, si mes souvenirs sont exacts.

– Et qu'est-ce que tu as répondu?

M. Haume exagéra la discrétion :

– Oh! rien de précis. J'ai répondu que j'étais l'humble esclave de tes projets... et de ceux de Mme Colette bien entendu.

Sous son vaste canotier blanc, Antoinette me jeta un coup d'œil vif, qui semblait me donner la parole.

– Elle était seule? demandai-je.

M. Haume haussa les sourcils d'un air offusqué.

– Seule? Oui.

– Ah! dis-je. Est-ce que Luigi, par hasard, ne serait pas encore arrivé?

– Luigi? Et quel Luigi? demanda sèchement M. Haume.

– Le sien, dis-je avec une habile simplicité.

– Ah!... Pardon, dit M. Haume. J'ignorais.

– Tu croyais peut-être, insinua gaiement Antoinette, que Mlle d'Orgeville avait fait vœu de chasteté? Écoute, Gérard, sois bien gentil. Je vais te donner un mot qui m'excuse auprès de Mlle d'Orgeville, car je ne compte pas aller goûter chez elle... Tu le porteras cet après-midi, en te promenant? Oui? Tu es un amour.

Dans le cours de la soirée, je prononçais un nom qui ne trouva pas d'écho. Antoinette, le teint chaud et l'œil animé, brodait – Louvois? Colbert? – comme à la tâche, et son mari lisait les *Souvenirs entomologiques* de Fabre. Seules la chatte et moi n'avions pas de vergogne à goûter l'oisiveté non déguisée. Mais vers dix heures et demie je fus prise d'un besoin de m'en aller, de quitter X...-les-Bains sans perdre une heure. Je pensai que seul l'ennui, le fameux ennui qui embrume à la longue les villes d'eaux, me pressait, et j'allai me coucher, suivie de la chatte. Elle dansait de joie à l'imminence de notre nuit silencieuse, et de sa rêverie aux astres, et de sa descente vers les songes qui affleuraient en frémissements sa robe rayée, agitaient moustaches et sourcils et disjoignaient parfois ses lèvres, sur des gencives transparentes et sèches de chat mort.

Le lendemain, je montai, vers midi, jusqu'au « Brimborion » où je trouvai Lucette seule. En peignoir lavable, les cheveux roulés sur des bigoudis, elle était ensemble rajeunie et diminuée, avec un air de ménagère appétissante. Elle jeta autour de son cou la serviette éponge qu'elle tenait, pas si vite que je ne visse, un peu bas sur sa nuque, une cicatrice affreuse, encore molle et rosâtre, qui me fit penser à un commencement de décollation.

– Ce n'est pas que je m'en cache avec vous, dit-elle. Mais ce n'est pas beau à montrer, cette affaire sur le cou. On dit que le soleil est bon là-dessus.

– Et Luigi, Lucette?

– Parti faire le marché, dit-elle sereinement. Il avait une idée de lapin sauté au vin blanc. Asseyez-vous dans le jardin. Vous avez bien une minute.

Elle poussa une chaise de fer dans le jardin, entre la clôture et le perron, donna par-dessus la palissade un coup d'œil aux environs et revint à moi :

– Qu'est-ce que vous m'avez fait avoir comme scène, vous!

– Une scène de qui?

– Du type, là, votre ami, Gérard, donc.

– Gérard... répétai-je.

Elle se mit à rire et me donna une tape sur le genou :

– Je vous ai connue plus réveillée. C'est l'effet des eaux? Vous vous en allez parler de Luigi à Gérard. Alors!... C'est vrai que vous ne pouviez pas vous douter que Gérard prendrait le grand béguin pour moi. Aussi c'est sans rancune que je vous le dis.

– Le grand béguin?

– C'est comme j'ai l'honneur.

– Mais, dis-je bêtement, il est marié.

– Encore heureux! soupira Mlle d'Orgeville.

Elle s'assit sur une marche et laissa tomber ses pantoufles en bas du perron.

Je regardais remuer, sous les mailles de ses bas, ses petits orteils déformés, qui avaient foulé tant de scènes et de chemins. Elle levait, vers le beau ciel pommelé de blanc, sa figure courte, qui restait, en dépit de mainte marque superficielle, fraîche comme un abricot qu'a goûté la morsure de l'insecte. Ici elle avait un petit grain noir, et là un nodule sous l'épiderme, et plus loin une ride légère, et un des sourcils fendu par une cicatrice. Le soleil trempait dans ses yeux brun clair, tavelés d'orange.

– Mais, risquai-je encore, sa femme, Mme Haume... Elle est très gentille, vous savez.

– J'en suis contente pour lui, dit Lucette.

Et elle inclina la tête avec condescendance.

– Et si elle apprenait...

– Vous croyez qu'il va le lui dire?

Du haut du perron, elle pencha vers moi un sourire plein de dureté.

La nouveauté de l'expression, la coiffure en bigoudis qui révélait la ronde architecture de la tête, me mettaient en face d'une inconnue.

– Écoutez, Lucette, vous devez comprendre que ce ne serait pas très chic à vous de...

Je comptais sur une interruption qui ne vint pas, et je me tus. Je n'étais, devant cette combattante échappée à des périls invraisemblables et véridiques, qu'une femme irrésolue.

Midi sonna dans la ville, et je me levai.

– Vous me faites rire, dit Lucette entre haut et bas.

Je refermai, en le claquant, le portillon que je venais d'ouvrir.

– C'est vous qui me faites rire. Prenez-vous Haume pour un homme riche? Il ne sort pas des embêtements d'argent, je le sais par sa femme.

Lucette hocha la tête avec sagacité :

– Un homme qui a des embêtements d'argent, c'est un homme qui est forcé tout le temps d'avoir des idées pour en trouver, de l'argent. N'ayez crainte. Quand il faut qu'un type se retourne, il se retourne.

Elle mit ses poings au creux de sa taille, et d'un petit mouvement de bouche changea tout son visage :

– Et bouffer? On n'a tantôt rien, moi et Luigi. Depuis mon retour, j'ai mangé ses économies, à lui...

Elle baissa les yeux, les releva sur moi, emplie de stupeur et de scandale :

– Mangé ses quatre sous, à lui. C'est comme j'ai l'honneur.

– Il n'a pas d'occupation?

– Il est allé justement voir à l'Établissement thermal, il paraît que le chef électricien a eu un accident, et ils sont dans l'embarras.

– Luigi est électricien?

– Et comment, dit Lucette orgueilleuse. Qu'est-ce

qu'il n'est pas! C'est un garçon qui a des connaissances mondiales. Il m'a dit : « Ne m'attends pas trop tôt. Fais n'importe quoi à déjeuner. En revenant je rapporterai sans doute un lapin pour manger ce soir. »

Elle mettait, à rapporter les paroles tombées des lèvres qu'elle chérissait, une piété véritable, qui la faisait toute jeune, et bonne. Elle se durcit de nouveau pour ajouter :

– Qu'est-ce que vous voulez, votre ami, l'homme qui s'appelle Haume, c'est le type qui s'est trouvé au bout du fil.

– Quel fil?

– Le fil de la sonnette. Ça ne vous est jamais arrivé, d'être tentée par un bouton de sonnette, dans un endroit que vous ne connaissez pas? Moi souvent. Je me dis : « Je serais curieuse de savoir ce qu'il y a au bout du fil. Si j'appuyais sur ce bouton? Peut-être qu'il viendrait les gendarmes, peut-être une explosion, peut-être un carillon du tonnerre de Dieu... » A la fin, j'appuie, et il vient simplement un sommelier qui se trompe et qui m'apporte un thé complet, alors je garde le thé complet. C'est comme ça que j'ai sonné Haume, dit-elle en riant. Il est venu avec le plateau. Un plateau assez maigre. Mais quand on a sérieusement la dent...

S'il n'y avait pas eu Antoinette, l'aventure de Gérard Haume m'eût peut-être amusée. Mais il y avait Antoinette...

– Lucette, est-ce que vous avez des projets de music-hall?

Elle poussa du pied, rageusement, un gravier rond :

– Fin juillet? Vous rigolez. Les contrats, ça ne se

récolte pas d'où je viens. Il faut aussi que je guérisse ce sale truc qui me fait mal. Il y a quelque chose dedans qui me tire... Pourtant, je ne suis pas douillette, vous savez. Vous vous connaissez un peu aux blessures?

– J'ai un frère médecin, dis-je en respectant la vérité.

Elle enleva sa serviette-éponge et me découvrit sa blessure, qui me déplut par la couleur, la consistance des lèvres de la plaie, larges et mollement soudées, encore humides.

– Montrez donc ça au docteur Ruhl, Lucette. Ou à un autre médecin d'ici.

– Bon, dit-elle gaiement. On se fera offrir ça par le petit père Haume.

Je ris, lâchement, comme si son impertinence de jeune femme à barbon me vengeait d'une offense.

– Je vous aime mieux comme ça, dit Lucette. Vous m'en faisiez une tête! Midi vingt. Je vais tailler ma salade de tomates. Si je me mettais une compresse d'eau salée? Ça me tire, cette affaire.

Je lui posai sur la nuque un mouchoir imbibé d'eau salée, et je m'aperçus qu'elle grelottait légèrement.

– Sans blague, j'en ai le frisson. Surtout le soir. J'irai voir le toubib.

Faute de papier à lettres dans la maison, j'écrivis sur la marge d'un journal le nom du docteur Ruhl, et regagnai la ville au plus vite. La chatte flaira mes mains, rêva longuement, la bouche entrouverte, comme elle faisait sur certaines odeurs impures. Humiliée, je lui en fis reproche, mais me lavai les mains avec soin.

– Antoinette, vous n'avez pas maigri, un rien, cette semaine?

– Si, dit Antoinette. Cinq cent cinquante grammes.

Sur sa paupière inférieure une ombre mauve, en forme de fer de lance, l'embellissait. Mais je la voyais distraite, aimable pendant la conversation, et dure dès qu'elle se retirait en elle-même, penchée sur sa broderie ou sur un roman tout neuf.

– C'est stupide, Antoinette. Mangez-vous suffisamment?

Elle leva la tête pour me sourire :

– Je n'aime pas le porridge, moi.

Nous avions convenu que mon départ coïnciderait avec celui des Haume. Je n'avais pas revu Lucette, et je m'occupais le moins possible de Gérard Haume, sec et ailé, qui partait à grandes foulées, revenait de même, souriait à contretemps. Et je me chagrinais de quitter bientôt Antoinette, comme il m'était arrivé déjà de regretter telles compagnes de rencontre. Celle-ci était fournie de grosses et belles qualités qui me manquaient, la patience, un don d'observation qui tournait le dos au mien, et un courage auprès duquel mes audaces n'étaient que caprices sans persistance.

Elle acheva de festonner une fleur trilobée, piqua son aiguille et posa son ouvrage.

– Dites-moi... Comment trouvez-vous mon mari?

– Beau cavalier, ma foi, comme disait, en parlant d'Édouard Detaille, Mme Valtesse de la Bigne.

Elle rit, par complaisance pure.

– Ce n'est pas ça que je vous demande. Vous ne

trouvez pas qu'il a quelque chose de singulier, depuis peu?

J'affectai de me fâcher.

– Écoutez, Antoinette, ne m'obligez pas aux aveux. Votre mari, c'est entendu, il est charmant, il a les plus beaux yeux du monde, mais vous l'avez affreusement gâté, et dès qu'il a un cil de travers, vous vous affolez!

– Non, non, ne me remontez pas, comme vous dites, à la période où la goutte de boue s'est figée. Je voulais simplement vous demander si vous aviez remarqué qu'il a, depuis quelques jours, une drôle d'odeur.

– Une drôle d'odeur? Quelle odeur? Un parfum?

– Pas seulement un parfum. Une odeur.

Elle hocha sa tête bien coiffée et bien dorée.

– Il sent, reprit-elle en me tenant sous son regard, il sent... le phénosalyl et le géranium.

– Le phénosalyl. Bon. Qu'est-ce que c'est?

– Vous avez un frère médecin, dit Antoinette, et vous ne savez pas ce que c'est que le phénosalyl?

– Je pense bien que c'est un phénol quelconque... Mais quel rapport entre Gérard et les puanteurs phéniques?

En moi-même, je pensais : « Elle brûle. Elle va y arriver. Rien ne va pouvoir l'empêcher, partie sur une piste aussi rigoureusement sensorielle, d'arriver au gibier. Si cette bougresse au cou entamé s'en était tenue aux compresses d'eau salée... »

– Puanteur, puanteur, dit Antoinette scandalisée. Il n'est pas question que de puanteur. J'ai dit : le phénosalyl *et* le géranium.

– Bon. Où voulez-vous en venir?

Antoinette posa sur mon bras sa bonne main patiente et lourde :

– Madame Colette... pardon, ma chère Colette, répondez-moi franchement. Pouvez-vous m'affirmer que personne n'est malade chez Mlle d'Orgeville?

La question directe, le visage honnête et ami m'ôtèrent toute envie de biaiser :

– Non, je ne peux pas vous l'affirmer, puisqu'il y a cinq jours que je suis sans aucun rapport avec le « Brimborion ». Je dis : aucun. Je n'ai pas reçu de message, je n'ai pas rencontré Lucette, et le « Brimborion » n'a pas de téléphone. Mais...

A ce dernier mot, les yeux bombés et châtains, la ferme bouche se figèrent d'attention.

– ...mais la dernière fois que je l'ai vue, Mlle d'Orgeville portait une sorte de pansement sur la nuque.

Je maudissais mon demi-mensonge, mon demi-besoin de dire la vérité, la demi-honnêteté qui tantôt voulait taire les agissements de Mlle d'Orgeville, tantôt protéger Antoinette. Mais mon cœur était pour celle-ci.

– Une compresse sur la nuque, répéta Mme Haume avec avidité. Et qu'est-ce qu'elle a sur la nuque?

– Antoinette, je ne suis pas son médecin.

Pour ambiguë que fût ma réponse, Mme Haume parut, à ma grande surprise, s'en contenter.

Elle n'eut pas à s'en satisfaire longtemps. Trois jours plus tard, comme Antoinette s'affairait, un tiroir de malle en travers des genoux, à emballer minutieusement des mouchoirs et des blouses, des gants et des chemises, un chasseur frappa et me remit un billet sans enveloppe, dont je pus voir tout de suite qu'il consistait en une page de carnet arrachée, adroitement pliée en triangle comme un message amoureux d'autrefois. C'était une sorte de sec faire-part, rédigé en style télégraphique : « *Lucette décédée, hôpital Sainte-Marie-Glorieuse deux heures après-midi, septicémie. Luigi.* »

– Quelle heure est-il? demandai-je machinalement.

– Quatre heures et demie. Mais je dois retarder de quelques minutes sur l'horloge du Casino. Voulez-vous déjà le thé?

– Non, merci... Comme vous voudrez... Antoinette... Tenez, voilà un mot qui vous apprend ce que vous vouliez savoir.

Elle lut le billet, s'aida pour le relire de son court face-à-main à petits verres rectangulaires. Elle ne fit aucune exclamation, mais le violent mouvement de son sang lui donna une quinte de toux.

– Pauvre jeune femme, dit-elle enfin.

– Oui. Pauvre jeune femme.

Elle me tendit le billet, mais je ne le repris pas et elle le posa entre nous sur la table.

– Vous irez là-bas?

– Où, là-bas?

– A l'hôpital?

– Oh! non. Oh! certainement non.

– Qu'est-ce que c'est que cet hôpital Sainte-Marie-Glorieuse?

– Je n'ai aucune idée.

Antoinette se remit à son casier de malle. Mais je lui vis les mains incertaines, et elle mêla les mouchoirs et les écharpes.

– De quoi croyez-vous qu'elle est morte? demanda-t-elle.

– Septicémie. C'est un empoisonnement du sang.

Elle marqua un peu d'ironie dans le ton de sa réponse :

– Mon Dieu, je pense bien. Mais la cause de cet empoisonnement? Vous m'avez parlé d'un pansement?

Je haussai les épaules en signe d'ignorance. Mais j'aurais voulu m'écrier : « Elle est morte d'avoir été enchaînée sur un bateau, plus ou moins torturée, jetée aux rochers; elle est morte d'avoir vécu au milieu des corsaires, parmi les rapts, les diamants volés, les doublons, les dés pipés, les naufrages, les royales zibelines et l'âpre vin des auberges. Elle est morte d'une sauvage blessure pareille à une morsure de cisailles, à un affreux coup de serpe. Et elle trouvait tout ça naturel. Aussi méritait-elle de mourir entre les bras dévoués de son gentil ruffian, qui l'attendait chaque fois qu'elle revenait du bout du monde en caravelle, en auto, en carrosse, ou pieds nus et la chair à vif. Un gentil ruffian modeste, un amant véritable, capable de supporter la mort de sa pionnière, de l'annoncer sans phrases, et de ne s'en consoler jamais. Je tâcherai, chère Antoinette, sensible Gérard, de ne pas trop penser à leur couple tant que vous me serez présents, car je risquerais de trouver le vôtre, par comparaison, vraiment un peu pâle... »

Un peu pâle... C'est donc cela qu'injustement je leur reproche? Injustement, puisque Gérard, en voulant mourir puis revivre amoureux, puisque Antoinette en s'appliquant à vivre, touchent les limites de l'énergie humaine. Il ne leur manque sans doute que d'avoir été choisis, captés, macérés dans le désir qu'ils fussent mes amis. Il faut dire aussi que les lieux où l'on rencontre les Gérard et les Antoinette ne sécrètent guère les penchants vifs, auxquels se soumettre consentant et fidèle...

Quelque chose de faible et de lâchement crayonné noie les contours d'un couple Haume. Un doigt les efface, le temps les use. Mais le hasard, pour qu'ils me retinssent ici, avait répandu dans leur voisinage une de ces taches frappantes qui figurent à la fois, selon la fantaisie de qui les lit, un singe, une tête de mort, une croupe de femme ou l'île de Bornéo, une tache épaisse dont je regrette de n'avoir pas mieux déchiffré les méandres cartographiques, traduit les golfes avides, les caps rostrés...

Je ne vis guère de M. Haume, quand je le croisai sur le palier en regagnant ma chambre, qu'une paire de souliers blancs de poussière, qui avaient dû couvrir beaucoup de chemin, et je m'arrangeai pour ne rejoindre mes voisins qu'au restaurant.

Les jours raccourcissaient, et déjà les globes électriques nappaient de mauve les tables sous la véranda. Antoinette s'était vêtue de gris-perle, et comme je m'imaginai soudain que ce demi-deuil léger ménageait les sentiments de M. Haume, je faillis céder au rire insane, méchant, qui nous guette au beau milieu d'un convoi mortuaire, au cours de la représentation d'une sombre tragédie, ou pendant un grave discours. Je le contins, et j'étudiai Haume qui, je dus le reconnaître, se tenait bien. Peut-être que son nouveau malheur, dépourvu de sources profondes, le laissait maître de son visage. Peut-être aussi que la mort d'une maîtresse adorée se supporte plus facilement que sa trahison ou sa fuite. Toujours est-il qu'il ne me laissa surprendre sur ses traits qu'une raideur vaguement hypnotique, et une décoloration qui se pouvait attribuer aux feux mauves de l'électricité. Ma brave Antoinette, elle aussi, se tenait bien, sauf le frémissement à peine sensible, l'inquiète allégresse que nous puisons tous dans une affliction qui, en terrassant autrui, nous comble ou nous délivre. Après le blême cabillaud déguisé en barbue, elle proposa avec précaution :

– Si nous prenions un peu de champagne?

Suggestion innocente, à laquelle son mari s'empressait, d'habitude, de déférer. Mais cette fois-là, il refusa d'un air digne, et comme si sa femme offensait le protocole élémentaire de telles secrètes funérailles. Il n'en fallait pas davantage pour que le mauvais esprit de rire et de dénigrement se réveillât en moi. Je pris le parti d'être ce qu'on appelle brillante, et j'allai un peu loin. Je fis allusion aux personnes qui passent, en moins de temps qu'il ne faut pour le dire, de l'amour à un amour. Je les comparai aux juments poulinières qu'après la mise bas on remet tout de suite en face, si je puis écrire, de l'étalon...

– Qu'est-ce qu'elle a, ce soir? Mais qu'est-ce qu'elle a? se récriait Antoinette.

J'avançai aussi que l'abus du malheur sentimental confine à l'indiscrétion, et révèle l'absence d'un sens précieux, le sens du ridicule. Je ne m'arrêtai là-dessus que lorsque je vis le bleu clair de la colère remplacer – excellent antidote – dans les yeux de M. Haume, les couleurs attristées de l'ardoise et de la violette. Alors je priai mes compagnons d'excuser ma violente migraine, et je montai faire mes deux valises.

Sagace, accoutumée, la chatte prit sa part intelligente des préparatifs, brassant comme pâte à pain mes lainages favoris, prospectant d'une patte longue l'intérieur d'un soulier vide. Elle se transportait d'une valise à l'autre, par des bonds imitant à son gré le vol d'un elfe, ou le maladroit élan d'un jeune poulain. Quand tout fut prêt, elle me rejoignit sur le lit, et s'y lova près de mon flanc, au lieu de chercher une région fraîche et non foulée. Je pense qu'encore une fois elle avait compris, et qu'encore une fois elle s'en remettait à moi de traverser les amitiés de rencontre, les déconvenues dont je me masquais à moi-même l'aigreur, les villes de hasard et les chambres étrangères, pourvu que j'ouvrisse devant ses pas et les miens un chemin juste assez large, et derrière nous aussitôt effacé.

LA LUNE DE PLUIE

– Je peux, me dit la vieille jeune fille, oui, je peux très bien vous rapporter moi-même, chaque fois, la copie dactylographiée, puisque vous préférez qu'elle ne soit pas confiée à la poste.

– Oui? Ce serait gentil à vous. Vous n'auriez pas la peine de venir prendre mon manuscrit, je vous apporterais mon texte au fur et à mesure. Je sors à pied tous les matins.

– C'est très sain, dit Mlle Barberet.

Elle sourit superficiellement et remit en place sur son épaule droite, en dessous de l'oreille, l'une des deux petites chipolatas de cheveux blonds filetés de blanc, que serrait sur sa nuque un ruban de taffetas noir. Ce détail de coiffure n'empêchait pas que Mlle Barberet fût tout entière correcte et agréable aux yeux, de la prunelle bleu pâle au pied maigre, de la bouche fine et tôt vieillie à la main délicate dont les osselets jouaient sous une peau transparente. Son col de linge frais repassé, sa robe noire unie appelaient l'accompagnement de la paire de manches en lustrine, attribut des anciens scribes. Mais les dactylographes, qui n'écrivent pas, n'usent plus leurs manches sous les coudes.

– Vous êtes privée momentanément de votre secrétaire, madame?

– Non... La jeune fille qui copiait mes manuscrits vient de se marier. Mais je n'ai pas de secrétaire. Je ne sais que faire d'une secrétaire, figurez-vous. J'écris tout. Et puis mon appartement est petit, j'entendrais trop la machine à écrire...

– Oh! je comprends, je comprends, dit Mlle Barberet. Ainsi je travaille pour un monsieur qui n'écrit que sur la moitié de droite des pages. Un moment j'ai tapé par intérim pour M. Henri Duvernois qui ne voulait que du papier jaune clair...

Elle excusa en bloc, d'un sourire entendu, toutes les manies de ceux qui noircissent le papier, et rangea dans une chemise – je remarquai qu'elle assortit la couleur du cartonnage au bleu de mon papier – les quelque soixante feuillets que j'apportais.

– J'ai habité ce quartier, autrefois. Mais je ne reconnais plus rien... On a aligné, construit; la rue même a disparu, ou changé de nom... Je ne me trompe pas, mademoiselle?

Mlle Barberet enleva ses lunettes par amabilité. Ses yeux bleus cessèrent alors de me voir, et son regard privé de but se perdit dans le vague.

– Oui, oui, je crois, dit-elle sans conviction. Vous devez avoir raison.

– Il y a longtemps que vous habitez ici?

– Oui, oui, dit-elle vivement.

Elle battit des cils comme si elle mentait.

– Je crois qu'autrefois une bordure de maisons, en face, masquait la pente...

Je me levai pour m'approcher de la fenêtre et sortis du cirque de clarté que l'abat-jour en tôle verte rabattait sur la table. Mais je ne vis pas grand-chose du paysage extérieur. Les lumières de la ville n'entamaient guère le bleu du soir, qui vient tôt en février. Je soulevai du front le rideau d'étamine, et m'appuyai de la main à l'espagnolette. Aussitôt, je ressentis le léger vertige, plutôt agréable, qui accompagne les rêves de chute et de vol... Car je serrais dans ma main l'espagnolette singulière, la petite sirène de fonte moulée dont ma paume, après des années, n'avait pas oublié la forme. Je ne pus m'empêcher de me retourner d'une manière brusque et interrogative.

N'ayant pas remis ses lunettes, Mlle Barberet ne s'aperçut de rien... De son visage obligeant et myope, mon interrogation alla aux murs de la chambre, presque entièrement couverts de sombres gravures sur acier encadrées de noir, de chromolithographies reproduisant Chaplin – la femme blonde au collier de velours noir – et Henner, et même, frivolité devenue rare, de cadres en glui, dont les jeunes filles aujourd'hui ne savent plus assembler les tubes de paille blonde. Entre un agrandissement photographique et un faisceau d'épis de seigle barbu, quelques pouces carrés du papier de tenture restaient nus : j'y distinguai des roses dont la couleur survivait à peine, des liserons violets tournés au gris, et des fibrilles de feuillage bleuâtres, bref l'ombre d'un bouquet, répété cent fois du haut en bas des murs et que je ne pouvais pas ne pas reconnaître. Les deux portes, à droite et à gauche de la cheminée aveuglée où s'ajustait un poêle, me devinrent aussitôt intelligibles et, par-delà leurs deux vantaux pareils, clos, je revis tout ce que j'avais autrefois déserté.

Derrière moi, je pressentis désagréablement que

Mlle Barberet devait trouver le temps long, et je renouai la conversation.

– C'est joli, cette vue...

– Surtout, c'est clair, pour un premier étage. Vous permettez que je range vos pages, madame, je m'aperçois qu'il y a une erreur de numéros. La trois est après la sept, et je ne vois pas la dix-huit...

– Ça ne m'étonne pas, mademoiselle Barberet. Rangez, rangez...

« Surtout, c'est clair »... Clair, cet entresol dans lequel j'allumais en toute saison, presque à toute heure, sous la rosace du plafond, un petit lustre? Au même plafond s'épandit une soudaine aurore jaune. Mlle Barberet venait d'allumer une coupe de verre veiné imitant l'onyx, qui rejetait la lumière à la rosace centrale, la même rosace de pâtisserie sous laquelle, autrefois, un rameau de métal doré fleurissait en cinq corolles d'opaline bleue.

– Beaucoup d'erreurs, mademoiselle Barberet? Beaucoup de ratures, surtout.

– Oh! je travaille sur des manuscrits beaucoup plus chargés. La seconde copie, je la fais en violet ou en noir?

– En noir. Dites-moi, mademoiselle...

– Je m'appelle Rosita, madame. C'est tout de même plus gentil que Barberet.

– Mademoiselle Rosita, je vais abuser de votre complaisance... Je m'aperçois que j'ai apporté tout mon texte disponible, et je n'ai pas de brouillon. Si vous me tapiez la page 62, je l'emporterais, pour faire ma soudure...

– Mais tout de suite, madame, c'est l'affaire de sept minutes, je tape vite, sans me vanter. Asseyez-vous, je vous en prie.

Tout ce que je voulais, c'était justement rester quelques minutes, chercher dans cette pièce les traces, s'il y en avait, de mon séjour, m'assurer que je ne me trompais pas, m'étonner qu'un papier de tenture préservé par l'ombre ne fût pas, après des années, une loque déshonorée... « Surtout, c'est clair... » Une opération d'assainissement, ou simplement la spéculation, avait donc rasé, de l'autre côté de la rue, toutes les maisons riveraines qui, autrefois, me cachaient le versant inconnu d'une colline parisienne...

A droite de la cheminée – un petit poêle à bois, flanqué de sa provision de lattes, de pavés goudronnés et de vieilles voliges, ronflait discrètement – je voyais une porte et, à gauche, une porte pareille. Par celle de droite, j'entrais dans la chambre à coucher. Celle de gauche accédait au petit vestibule, prolongé par un réduit dont j'avais fait une salle de bains, en y installant une demi-baignoire-sabot et l'appareil à gaz. Une autre pièce, très sombre, assez grande, que je n'habitais pas, servait de garde-meuble. Quant à la cuisine... Cette cuisine minuscule réintégra mon souvenir avec une extrême vivacité de couleurs; son « potager » à l'ancienne mode, dallé de faïence bleue, recevait en hiver la visite d'un rayon de soleil qui glissait jusqu'au fourneau-cuisinière, démodé lui aussi, juché sur des pieds très hauts et légèrement Louis XV. Quand je ne pouvais, comme on dit, plus durer, j'allais dans la cuisine. J'y trouvais toujours une occupation : fourbir le tube articulé du bec de gaz, passer un canevas mouillé sur les carreaux de faïence bleue, vider l'eau d'un bouquet fané et, d'une poignée de gros sel humide, rendre au vase sa limpidité.

Deux bons grands placards, du type placards à confitures, une cave qui ne contenait qu'un casier à bouteilles, veuf de bouteilles...

– Je finis tout de suite, madame...

Ce que j'aurais surtout voulu revoir, c'était la pièce à droite de la cheminée, *ma* chambre, son unique fenêtre carrée, son alcôve ancienne dont j'avais démonté les portes. La merveilleuse chambre, sombre d'une part, claire de l'autre! Elle eût convenu à un couple heureux et clandestin, mais elle m'était échue alors que j'étais seule, et fort loin du bonheur...

– Merci beaucoup. L'enveloppe est inutile, je plie la feuille dans mon sac...

La porte d'entrée, rabattue d'une main vive, claqua. Un son est toujours moins évocateur qu'un parfum, pourtant je reconnus celui-là et je tressaillis en même temps que Mlle Barberet. Puis une seconde porte, celle de *ma* salle de bains – une porte en bois mince, chantante comme une lame de xylophone – fut fermée plus doucement.

– Mademoiselle Rosita, si j'ai assez bien travaillé, vous me reverrez lundi matin vers onze heures.

Feignant de me tromper, j'allai vers la droite de la cheminée. Mais entre la porte et moi je trouvai Mlle Barberet, infiniment prévenante :

– Pardon. C'est de l'autre côté...

Dehors, je ne pus m'empêcher de sourire, m'apercevant que j'avais dévalé les degrés sans défiance ni faute, et que mes pieds savaient encore, si j'ose écrire, l'escalier par cœur. Du trottoir, je toisai *ma* maison, méconnaissable sous un fard de torchis. Le vestibule, lui aussi, se déguisait bien, et rappelait à présent, avec sa plinthe de céramique verte et rose, la funeste fraîcheur des villas que la Riviera construit en série. L'ancienne crémerie, à droite de l'entrée, vendait maintenant des accordéons et des banjos. Mais, à gauche, le « Palais de la Friandise » restait intact, sauf une couche de peinture crème. Dragées roses dans les coupes, boules groseille à pleins bocaux, la menthe couleur d'émeraude et les caramels beiges... Et les pavés au café, et les caustiques croissants à l'orange... Et les bonbons lenticulaires enrobés d'argent comme les pastilles vermifuges, parfumés à l'anis... Au fond du magasin, je reconnus aussi, sous l'enduit qui les nappait, les cent petits tiroirs à nombril saillant, le comptoir bas, mouluré, toute la jolie menuiserie des boutiques qui datent du Second Empire, et la balance à l'ancienne, dont les plateaux de cuivre étincelants ballent sous le fléau, comme des escarpolettes.

J'eus une brusque envie d'acheter ces rectangles de réglisse, noirs, dits « petits pains de Tortosa », d'une saveur si corsée que rien, après eux, ne paraît mangeable... Une sexagénaire mauve m'accueillit. Ainsi survivait à elle-même la belle confiseuse blonde d'autrefois, qui aimait tant le bleu ciel. Elle ne me reconnut pas, et, dans mon trouble, je lui demandai des fondants à la menthe, que je ne puis souffrir. Le lundi suivant, j'aurais l'occasion de revenir chercher les petits pains de Tortosa, qui donnent un si mauvais goût à l'œuf frais, au vin rouge et à tous les autres comestibles.

A mes dépens, j'ai eu le temps d'éprouver que la tentation du passé est chez moi plus véhémente que la soif de connaître l'avenir. La rupture avec le présent, le retour en arrière et, brusquement, l'apparition d'un pan de passé frais, inédit, qu'ils me soient donnés par le hasard ou par la patience, s'accompagnent d'un heurt auquel rien ne se compare, et duquel je ne saurais donner aucune définition sensée. Haletant d'asthme parmi la nue bleuâtre des fumigations et le vol des pages une à une détachées de lui, Marcel Proust pourchassait un temps révolu. Ce n'est guère le rôle des écrivains, ni leur facilité, que d'aimer l'avenir. Ils ont assez à faire avec l'obligation de constamment inventer celui de leurs héros, qu'ils puisent d'ailleurs dans leur propre passé. Le mien, si j'y plonge, quel vertige! Et quand c'est son tour d'émerger, imprévu, d'offrir à la lumière actuelle sa tête de sirène mouillée, ses jeux décevants d'hôte des profondeurs, je tiens à lui encore plus fort. Outre la personne que je fus, il me révèle celle que j'aurais voulu être. A quoi bon employer, aux fins de la connaître mieux, des moyens et des individus occultes? Les devins et les astrologues, les liseuses de tarots et les chiromanciennes ne veulent pas de mon passé. Entre les figures, les épées, les coupes, les îlots du marc de café, mon passé s'inscrit en trois phrases. La voyante déblaie brièvement les « vicissitudes » révolues, quelques « succès » sans marque ni conséquences définies, et plante sur le tout, vite, la rose de plâtre d'un aujourd'hui veuf de mystère, d'un demain auquel je ne demande rien.

Parmi les devins, ils sont rares ceux à qui notre contact octroie un don éphémère de seconde vue. J'en ai rencontré qui s'en allaient victorieux à rebrousse-temps, cueillant dans mon passé des images précises, d'une vérité aveuglante, puis ils me naufrageaient au milieu d'un attrayant désordre de gens morts, d'enfants de jadis, de dates, de sites, et, d'un bond, ils prenaient pied dans mon avenir : « Dans trois ans, dans six ans, votre situation va s'affermir... » Trois ans! Six ans! Excédée, je les oubliais et leurs promesses aussi.

Mais la tentation demeure, et un prurit précis, auquel je ne cède pas, de gravir des étages ou manœuvrer un ascenseur, m'arrêter à un palier, et sonner trois fois... Voyez-vous que j'entende un jour, par-delà la porte, mon pas qui s'approche, et que ma propre voix me demande, bourrue : « Qu'est-ce que c'est? » Je m'ouvre à moi-même et, bien entendu, j'ai ma robe d'autrefois – quelque chose comme une jupe plissée d'écossais sombre et un chemisier à col droit. Ma chienne de 1900 hérisse son poil en m'apercevant double, et tremble... La suite manque. Mais, pour un beau cauchemar, c'est un beau cauchemar.

Pour la première fois de ma vie je venais, en entrant chez Mlle Barberet, de rentrer chez moi. La coïncidence m'occupa l'esprit pendant les jours qui la suivirent. J'y cherchai, j'y mis du piquant. Qui donc m'avait indiqué Mlle Barberet? Justement ma jeune dactylo qui quittait son emploi pour se marier. Elle se mariait avec un beau garçon qui « prenait », comme on dit, une salle de culture physique dans le quartier de Grenelle, et qu'elle avait tenu à me présenter. Pendant qu'il m'expliquait, avec la certitude de m'intéresser vivement, qu'aujourd'hui les quartiers à usines font la fortune des salles de culture physique, j'écoutais son léger accent de province. « Je suis de B..., comme toute ma famille... », dit-il incidemment. « ...Et comme l'auteur de certains déboires qui me furent cuisants », achevai-je en moi-même. Déboires sentimentaux, s'entend. Ce sont les moins dignes d'être rapportés, mais ils se comportent parfois de la même façon qu'une coupure dans le fond de laquelle on cache un fragment de cheveu : ils cicatrisent mal.

Ce deuxième homme de B..., il s'était dissous, ayant rempli ses obligations envers moi, qui consistaient à me rejeter, pour des fins inconnues, dans un lieu connu. Il m'avait semblé doux, un peu lourd comme les jeunes gens que la culture physique mal comprise fatigue et ensommeille, brun avec de beaux yeux méridionaux, comme sont souvent les natifs de B... Il entraînait la jeune fille exaltée, maigre jusqu'à l'égarement, qui copiait mes manuscrits depuis trois ans et pleurait dessus quand mon récit tournait mal...

Le lundi suivant, vers onze heures, j'apportai à Mlle Rosita le médiocre fruit – douze pages – d'un travail sans amour. Rien ne me pressait d'avoir la copie double d'un mauvais premier jet, rien, sinon le plaisir, le risque d'affronter l'ancien petit appartement. « Bon pour cette fois-ci encore, me disais-je, et puis je jouerai à autre chose. » Cependant, ma main douée de mémoire cherchait au long du chambranle le joli galon de perles, ma sonnette prétentieuse d'autrefois, et trouvait un bouton électrique.

Une personne inconnue m'ouvrit aussitôt, ne me répondit que d'un signe et m'introduisit dans la pièce aux deux fenêtres, où Mlle Barberet me rejoignit.

– Avez-vous bien travaillé, madame? Le mauvais temps ne vous a pas trop fâcheusement impressionnée?

Sa petite main froide s'était vite retirée de la mienne et disposait à leur place juste, sur l'épaule droite, tout près du cou, les deux anglaises nouées d'un ruban noir. Elle me souriait avec la sollicitude modérée que professent les infirmières bien apprises, les « nurses » des grands dentistes et les personnes, d'âge et de fonctions mal définis, qu'on rencontre dans les académies de beauté.

– Mauvaise semaine pour moi, mademoiselle Rosita. En outre, vous aurez du mal à me lire.

– Je ne crois pas, madame. Une écriture ronde est rarement illisible.

Elle me regardait aimablement : derrière les verres épais, le bleu de ses yeux semblait se délayer.

– Figurez-vous qu'en arrivant je croyais m'être trompée d'étage, la personne qui m'a ouvert...

– Oui. C'est ma sœur, dit Mlle Barberet, comme si elle eût voulu, en la contentant, limiter mon indiscrétion.

Mais, quand la curiosité vous tient, nous n'avons guère de vergogne...

– Ah! c'est votre sœur... Vous travaillez ensemble?

La peau transparente de Mlle Barberet frémit sur ses pommettes.

– Non, madame. Tous ces temps-ci, la santé de ma sœur a eu besoin de ménagements.

Cette fois, je n'osai insister davantage. Quelques instants encore, je m'attardai, dans mon salon devenu bureau, à contempler sa clarté accrue, je tendis vainement l'oreille à ce qui pouvait retentir au sein de la maison et au fond de moi-même, et je m'en allai, emportant un romanesque butin de conjectures. La sœur malade – et pourquoi pas folle mélancolique? Ou languissante d'un malheureux amour? Ou frappée de monstruosité, et tenue dans l'ombre? Voilà comment je suis, quand je me laisse aller.

Je n'eus pas le loisir de mener plus loin, les jours suivants, ma personnelle extravagance. A cette époque-là, F.-I. Mouthon m'avait demandé un roman-feuilleton pour *Le Journal.* Cet homme pénétrant et frisé en était-il à sa première erreur? En toute honnêteté, j'avais protesté que je ne saurais jamais écrire le feuilleton qui eût convenu au public d'un grand quotidien. F.-I. Mouthon, qui semblait là-dessus mieux informé que moi-même, avait cligné son petit œil d'éléphant, secoué son front crêpelé, haussé sa lourde épaule, et je m'étais mise à écrire un roman-feuilleton, que vous chercheriez en vain parmi mes œuvres. Seule Mlle Barberet connut les chapitres avant que je les déchirasse. Car, en fin de compte, je ne m'étais pas trompée : je ne savais pas écrire un roman-feuilleton.

Au retour de ma seconde visite à Mlle Barberet, je relus les quarante pages « tapées ».

Et je me jurai de besogner, comme on dit, d'arrache-pied, de me priver de marché aux puces et de cinéma, et même du déjeuner au Bois... Il ne s'agissait pourtant pas d'Armenonville, ni même de la Cascade, mais de plaisants repas impromptus sur l'herbe, meilleurs si Annie de Pène, précieuse amie, m'accompagnait. Les jours attendris ne manquent pas, dès février. Nous prenions nos bicyclettes, un pain frais bourré de beurre et de sardines, deux « friands » feuilletés à la saucisse, acquis chez un charcutier près de la Muette, et des pommes, le tout ficelé au long d'une gourde clissée, pleine de vin blanc.... Pour le café, nous le buvions du côté de la gare d'Auteuil, bien noir, bien insipide, mais brûlant, et sirupeux à force de sucre...

Peu de souvenirs me sont restés aussi sentimentaux

que celui de ces repas sans couverts ni nappe, de ces promenades sur deux roues. Le ciel frais, la pluie en gouttes, la neige en grains, l'herbe rare et roussie, la familiarité des oiseaux... Ces bucoliques s'accommodaient d'un certain état de l'âme, éloigné du bonheur, craintif mais obstiné à l'espoir. J'ai achevé d'y refroidir un chagrin à petites larmes réticentes, une douleur sans grands mouvements, bref un amour noué juste assez mal pour qu'il se dénouât plus mal encore. Ces périodes, au cours desquelles des remèdes anodins triomphaient d'un mal que je jugeais grave, croit-on que le souvenir en pâlisse aisément? Déjà je les ai, ailleurs, comparées aux « blancs » qui apportent de l'air et de l'ordre entre les chapitres d'un livre. Le langage de l'imprimerie, qui n'y voit pas malice, nomme « les belles pages » ces clairières blanches où le texte, refoulé, ne commence qu'à mi-feuillet. J'ai bien envie – il est vrai que c'est sur le tard – d'appeler « beaux jours » les jours où le travail, la flânerie, l'amitié se faisaient la part large, au détriment de l'amour. Beaux jours, sensibles à la lumière extérieure, découvertes involontaires des sens relâchés et oisifs – il n'y avait pas bien longtemps que je goûtais cette vacance, lorsque je fis la connaissance de Mlle Barberet...

Je fus, et pour cause, trois semaines sans retourner chez elle. Prenant en dégoût mon roman-feuilleton chaque fois que je tentais d'y introduire le « mouvement », l'aventure rapide et un brin de terreur, je m'étais attelée à des nouvelles pour *La Vie parisienne.* Aussi est-ce ragaillardie et le pied léger que je gravis les pentes du ...ème arrondissement. Ne sachant si Mlle Barberet aimait les « petits pains de Tortosa », j'achetai pour elle plusieurs bouquets de perce-neige serrés en une seule botte, et qui n'avaient pas encore perdu leur très faible parfum de fleur d'oranger.

J'entendis accourir, derrière la porte, ses petits talons sur le parquet sans tapis. Je reconnais plus vite le pas que la silhouette, la silhouette que la figure. Il faisait beau dehors et dans la pièce aux deux fenêtres. Entre les agrandissements photographiques, les « études » de sous-bois et les cadres en glui liés de faveur rouge, le soleil de février achevait de consumer sur le papier de tenture les derniers contours de mes roses et de mes liserons bleus...

– Ce coup-ci, mademoiselle Rosita, je ne viens pas les mains vides! Voilà des petites fleurs pour vous, et voilà deux nouvelles, vingt-neuf pages manuscrites...

– C'est trop, madame, c'est trop...

– C'est la mesure. Il faut treize pages bien tassées pour une nouvelle de *La Vie parisienne.*

– Je parlais des fleurs, madame...

– N'en parlez pas. Et vous savez, lundi, je sens que je vais vous apporter...

Derrière ses lunettes, les yeux de Mlle Barberet s'attachaient à moi et oubliaient de dissimuler qu'ils étaient rouges, meurtris, pleins d'eau amère, et tristes au point que j'interrompis ma phrase. Elle fit un geste de la main, et murmura :

– Je vous demande pardon, j'ai des ennuis...

Peu de femmes gardent dans les larmes leur dignité. La vieille jeune fille chagrinée pleurait simplement, domptait avec décence le tremblement de ses mains et de sa voix. Elle essuya ses yeux, ses lunettes, me fit une sorte de sourire d'un côté de la bouche.

– Il y a des jours... C'est à cause de la petite, je veux dire de ma sœur.

– Elle est malade, je crois?

– D'un sens, oui... Elle n'a aucune maladie, dit-elle vivement. C'est depuis qu'elle est mariée. Ça lui a changé le caractère. Elle me bouscule... Tous les ménages ne peuvent pas être bons, c'est entendu...

Je n'aime pas beaucoup les malheurs conjugaux d'autrui, auxquels je reproche une inévitable parenté avec mes déceptions personnelles. Aussi voulus-je promptement laisser la dolente Barberet et la sœur mal mariée. Mais, au moment de la quitter, à travers la vitre grossière d'une des fenêtres, une soufflure de verre touchée par le soleil projeta, sur la paroi opposée, le petit halo d'arc-en-ciel que je nommais, autrefois, la « lune de pluie ». L'apparition de l'astre illusoire me précipita si rudement dans le passé que j'en restai sur place, immobile, enchantée...

– Regardez, mademoiselle Rosita... Comme c'est joli...

Je posai le doigt sur le mur, au centre d'un petit astre cerné de sept couleurs.

– Oui, dit-elle. Nous connaissons bien ce reflet. Ma sœur en a peur, figurez-vous.

– Peur? Comment, peur? Pourquoi? Qu'est-ce qu'elle en dit?

Mlle Barberet sourit de ma vivacité.

– Oh! vous savez... Des bêtises, des inventions d'enfant nerveuse... Elle dit que c'est un présage... Elle l'appelle son petit soleil triste, elle dit qu'il ne brille que pour lui annoncer du mauvais... Dieu sait quoi encore... Comme si les réfractions du prisme, vraiment, pouvaient influencer...

Mlle Barberet sourit avec supériorité.

– Vous avez raison, dis-je lâchement. Mais ce sont de jolies fantaisies de poète. Votre sœur est un poète qui s'ignore.

Les yeux bleus de Mlle Barberet fixaient la place du fantôme coloré, qu'un nuage passant venait d'éteindre.

– C'est surtout une jeune femme pas raisonnable.

– Elle habite l'autre... une autre partie de l'appartement?

Le regard de Mlle Barberet glissa jusqu'à la porte close, à droite de la cheminée.

– Une autre partie, c'est beaucoup dire. Ils avaient choisi... Sa chambre et son cabinet de toilette sont séparés de ma chambre.

Je fis « oui, oui » de la tête, comme me le permettait une parfaite connaissance des lieux.

– Est-ce que votre sœur vous ressemble?

Je me faisais douce, et parlais sans timbre, comme on parle aux endormis pour qu'ils répondent du sein de leur sommeil.

– Me ressembler? Pour ça, non! D'abord, il y a une certaine différence d'âge entre nous, et elle est brune. D'ailleurs, pour le caractère, nous n'avons rien l'une de l'autre.

– Ah! elle est brune... Il faudra, un de ces jours, que vous me la fassiez connaître... Rien ne presse! Je vous laisse mon manuscrit. Si vous ne me voyez pas lundi... Voulez-vous que nous réglions les copies que vous m'avez faites?

Mlle Barberet rougit et refusa, puis rougit et accepta. Et bien que je m'arrêtasse dans l'antichambre pour une recommandation superflue, aucun bruit ne vint de *ma* chambre, et rien ne décela la présence de la sœur brune.

« Elle l'appelle son petit soleil triste... Elle dit qu'il lui annonce du mauvais... Que lui ai-je donc légué, à ce reflet, apparence d'astre, couronné de vapeurs, où le rouge est à jamais séparé du violet? Ne l'ai-je pas trop longuement contemplé? Par vents vifs et ciels nuageux, autrefois, il s'éteignait, ressuscitait, s'effaçait, et son caprice m'arrachait un moment à mon état d'attente... »

J'avoue que je m'abandonnais, en descendant la pente de la colline parisienne, à l'exaltation. Le jeu des coïncidences projetait sur ma vie un faux jour inespéré. Déjà je me promettais que « l'histoire Barberet » figurerait en bonne place dans la galerie fantastique que nous peuplons en secret, et que nous ouvrons plus volontiers à des inconnus qu'à nos proches, la galerie réservée aux prémonitions, aux phénomènes de la fausse reconnaissance, aux visions et prédictions. Là je logeais déjà l'histoire de la femme à la bougie, l'histoire de Jeanne D..., l'histoire de la liseuse de tarots et du petit garçon qui montait à cheval...

En tout cas, l'histoire Barberet, à peine ébauchée, me tenait déjà lieu de « pansement de la bécasse ». Ainsi je nommais et nomme encore un ordre d'événements médiocres et bienfaisants, que j'assimile à l'appareil de glaise humide et de brindilles, prodigieuse petite éclisse liée par la bécasse autour de sa patte qu'un plomb a brisée. Une séance de cinéma, à condition que les films soient assez médiocres, compte pour pansement de la bécasse. Mais une soirée en compagnie d'amis intelligents, un peu blessés, courageux et sans illusions, défait au contraire le pansement. La musique symphonique généralement l'arrache, et me laisse écorchée. Versées par une voix égale et indifférente, la sentence, la prédiction me sont compresse et tisane...

« Je vais raconter l'histoire Barberet à Annie de Pène... » commençai-je en moi-même. Et puis je ne racontai rien du tout. La subtile oreille d'Annie, son œil vif et mordoré n'eussent-ils pas pesé, blâmé ce qui dans mon récit décèlerait la soif uniquement de ressasser le connu, d'orner à neuf l'aboli? « Cette fenêtre, Annie, où, comme je fis autrefois, une jeune femme délaissée passe presque tout son temps à attendre, à écouter... »

Je ne dis rien à Annie. Il est bon qu'un jouet s'exploite dans la solitude, si, par on ne sait quelle couleur, quel vernis acide, quelle déformation fortuite de son ombre, il annonce qu'il porte avec lui le danger. Mais je m'en allai traduire en langage banal « l'histoire Barberet » au profit de ma couturière en journées, forte brune qui se reposait, en cousant et repassant pour autrui, d'avoir chanté l'opérette à Oran. Pour m'écouter, Marie Mallier cessa d'écraser des fronces sous l'ongle d'un pouce cruel, souffla dans son dé, attendit, l'aiguille haute...

– Et puis?

– C'est fini.

– Ah! dit Marie Mallier. Ça m'avait plutôt l'air d'un commencement.

Le mot me ravit. J'y lus le plus romanesque présage, et me jurai de connaître sans retard la sœur brune, mal mariée, qui habitait ma sombre chambre et redoutait ma « lune de pluie ».

Parmi les sollicitations, les petits cadeaux de la fatalité, les offres qu'elle me fit et qui m'eussent donné de me fuir moi-même, de muer, de me diaprer, je crois discerner qu'elles auraient pu réussir s'il ne m'eût manqué la compagnie, l'influence d'un être pour qui la différence est minime entre ce qui arrive réellement et ce qui n'arrive pas, entre le fait et sa possibilité, l'événement et sa narration.

Beaucoup plus tard, quand je connus Francis Carco, je compris qu'il eût interprété, par exemple, mon séjour à Bella-Vista et la rencontre Barberet d'une manière effrénée, qu'il en eût dégagé la vérité catastrophique, l'inachevé, le suspendu qui provoquent à la course l'imagination, la peur, bref, la poésie. J'ai vu, des années après, comment un poète use de l'ornementation tragique, prête au fait divers la parure de quelque visage inanimé, blanc derrière une vitre.

Faute de compagnon exalté, je m'attachai à une vue raisonnable des choses, notamment de la frayeur et de l'hallucination. Il le fallait bien, puisque j'habitais seule. Certains soirs, je visitais avec soin mon petit appartement, j'ouvrais mes persiennes pour laisser la lueur nocturne jouer au plafond, en attendant celle du jour... Le lendemain, ma concierge, en m'apportant mon café au lait, brandissait sans mot dire la clef qu'elle avait trouvée sur la serrure, à l'extérieur. La plupart du temps, je ne pensais pas aux périls qui peuvent venir de l'inconnu, et je traitais le revenant avec rigueur.

Ainsi fis-je, le lundi suivant, d'une fenêtre de l'appartement Barberet, où j'entrai en même temps qu'un vent de mars à grandes ailes marines, qui jeta bas tous les papiers. Mlle Rosita mit ses deux mains sur ses oreilles, et cria : « Ah! » en fermant les yeux. J'empoignai d'une main familière la sirène de fonte moulée et bouclai la fenêtre en un tour de main.

– Du premier coup! admira Mlle Barberet. C'est extraordinaire! A peine si j'y arrive. Mon Dieu, toutes les copies envolées! Le roman de M. Vandérem! La nouvelle de M. Pierre Veber! Ce vent! Heureusement que j'avais remis votre texte dans sa chemise... Voici la copie, madame, et son double. Il y a plusieurs traces de gomme. Si vous voulez que je recommence quelques pages grattées, je me ferai un plaisir, ce soir après dîner...

– Cherchez d'autres plaisirs, mademoiselle Rosita. Allez au cinéma. Vous aimez le cinéma?

Elle laissa voir une convoitise de petite fille, qui accentua ses rides fines autour de la bouche.

– Je l'adore, madame! Nous avons un très bon cinéma de quartier, cinq francs les fauteuils de canne, qui donne de beaux films. Mais, en ce moment, je ne peux guère...

Elle s'interrompit, fixa son regard sur la porte à droite de la cheminée.

– Toujours la santé de votre sœur? Est-ce que son mari ne pourrait pas se charger de...

Malgré moi, j'imitais sa manière prude de suspendre les phrases. Elle rougit, et dit plus vite :

– Son mari n'habite pas ici, madame.

– Ah! il n'habite pas... Et elle, qu'est-ce qu'elle fait? Elle attend qu'il revienne?

– Je... Oui, je crois...

– Tout le temps?

– Jour et nuit.

Je me levai brusquement, et me mis à arpenter de la fenêtre à la porte, de la porte au mur du fond, du mur du fond à la cheminée, la pièce où j'avais autrefois – jour et nuit – attendu.

– C'est stupide! m'écriai-je. C'est la dernière chose à faire! Vous m'entendez, la dernière!

Mlle Barberet étirait machinalement la volute de cheveux qui lui caressait l'épaule, et sa figure d'ange fané suivait mon va-et-vient.

– Si je la connaissais, moi, votre sœur, je ne lui enverrais pas dire qu'elle a choisi la tactique la plus déplorable, la plus... la plus bête...

– Ah! je voudrais bien, madame, que vous lui disiez! De vous, ça aurait plus de poids que venant de moi. Elle ne se gêne pas pour me faire comprendre que les vieilles filles n'ont pas voix à certains chapitres. En quoi elle peut parfaitement se tromper, d'ailleurs...

Mlle Barberet baissa les yeux et fit un petit signe de tête frondeur.

– Une idée fixe n'est pas toujours une bonne idée. Elle est là, avec son idée fixe. Quand elle n'en peut plus, elle descend. Elle dit qu'elle a envie d'acheter des bonbons. Elle dit : « Je vais téléphoner... » A d'autres! Si elle croit que je suis dupe!

– Vous n'avez pas le téléphone?

Je levai les yeux vers le plafond. Une petite brèche dans la corniche d'oves marquait encore le passage du fil téléphonique. Moi, dans ce même lieu, j'avais le téléphone. Je pouvais mendier sans me déranger.

– Pas encore, madame. Nous le ferons mettre, bien entendu.

Elle rougit, comme chaque fois qu'il s'agissait d'argent ou de manque d'argent, et parut prendre une résolution extrême :

– Madame, puisque vous pensez comme moi que

ma sœur a tort de s'entêter, si vous aviez deux minutes...

– J'ai deux minutes.

– Je préviens ma sœur.

Elle passa par l'antichambre au lieu d'ouvrir la porte à droite de la cheminée. Elle marchait gracieusement, portée sur des pieds petits et cambrés. Presque aussitôt, elle revint, agitée et le bord des paupières irrité.

– Oh! Je ne sais comment m'excuser... Elle est terrible. Elle dit « non, et non », elle dit « de quoi tu te mêles », elle dit « je veux que tout le monde me fiche la paix »... Elle n'a que de mauvaises paroles...

Mlle Barberet moucha son chagrin, se frotta le nez, devint laide comme si elle le faisait exprès. Le temps de penser : « Je prends vraiment beaucoup de gants avec ces demoiselles », et je tournai le bouton de la porte de droite, qui me reconnut et m'obéit sans bruit. Je ne dépassai pas le seuil de *ma* chambre dont les persiennes, à demi tirées, retenaient une obscurité un peu verte. Au fond de la pièce, sur un divan-lit qui me sembla n'avoir pas bougé de la place que je lui avais autrefois assignée, une jeune femme couchée en chien de fusil dressa vers moi le vague ovale de son visage. Pendant un instant, je touchai ce qu'osent et créent seulement les songes : hostile, blessé, obstiné à l'espoir, j'avais devant moi le jeune moi-même que je ne serais jamais plus, que je ne cessais de renier et de regretter.

Mais il n'y a point de durée dans ce que nous goûtons de fabuleux hors du sommeil. Le jeune moi-même se leva, parla et ne fut plus qu'une inconnue, dont le son de voix dissipa tout ce qui m'était précieux et inexpliqué.

– Madame... J'avais pourtant dit à ma sœur... Rosita, vraiment, à quoi penses-tu? Ma chambre est en désordre, je suis souffrante. Vous devez comprendre, madame, pourquoi je n'ai pas pu vous recevoir...

Elle n'avait fait que deux ou trois pas vers moi. Malgré la pénombre, je distinguai qu'elle était un peu courte, mais droite et assurée. Un nuage au-dehors découvrant le soleil, la construction de son visage m'apparut, le nez régulier et dur, une forte barre sourcilière, un petit menton romain. C'est une séduction double, lorsque, sur des traits bien modelés, se rencontrent la jeunesse et la sévérité.

Je me fis bonne enfant pour parler à cette jeune femme qui me mettait à la porte.

– Je comprends très bien, madame. Mais votre sœur n'est coupable que d'avoir cru, figurez-vous, que je pourrais vous être utile. Elle s'est trompée. Mademoiselle Rosita, comme d'habitude, n'est-ce pas, la copie, lundi prochain?

Les deux sœurs ne remarquèrent pas mon aisance à trouver au fond de la pièce la porte sous tenture, à traverser et refermer le petit vestibule obscur. En bas, je fus rejointe par Rosita.

– Madame, madame, vous n'êtes pas fâchée?

– Pas le moins du monde. Pourquoi? Elle est jolie, votre sœur... Au fait, comment s'appelle-t-elle?

– Adèle. Mais elle veut qu'on l'appelle Délia. Son nom de dame, c'est Essendier, Mme Essendier... A présent la voilà désolée, elle voudrait vous voir...

– Eh bien! elle me verra lundi, concédai-je avec dignité.

Dès que je fus seule, le piège des similitudes perdit de ses attraits, l'éclat de la rue des Martyrs à midi dissipa le charme de la chambre et de la jeune femme pelotonnée « jour et nuit ». Sur la pente raide, que de poulets le cou pendant, que de petits gigots accessibles, de grosses saucisses, de bocks-douche émaillés à décors champêtres, d'oranges amoncelées selon d'anciens codes d'artillerie, de pommes trop vieilles, de bananes trop jeunes, d'endives anémiques, de dattes agglutinées, de narcisses-trompettes, de culottes roses en « milanaise », de pantalons-jupons incrustés de chantilly imitation, de sachets pour fabriquer soi-même une liqueur stomachique, de bas mercerisés... Que de postiches – on disait « chichis » –, de cravates vendues par trois, de commères informes, de blondes en savates, de brunes à bigoudis, d'éperlans de nacre, de garçons bouchers bouffis comme des anges... Cette abondance, qui n'a guère changé, m'ouvrait l'appétit et me rendait vigoureusement à la réalité.

Loin de moi ces Barberettes! Ce bout de femme sans manières, une pleurarde, une oisive, qui avait dû excéder les bornes de la patience maritale... Pris entre une irréprochable vieille fille frémissante et une jeune femme jalouse, la jolie vie pour un homme!

Ainsi, flânant aux boutiques, j'incriminais Mme Délia Essendier, prénommée Adèle... « Adèle... T'es belle... » Devant une somptueuse Alimentation-générale, je fredonnais la sotte chanson déjà caduque; j'admirais l'orange entre le riz en vrac et le café suant, la pomme rouge et le vert pois cassé. De même qu'à Nice on convoite le marché aux fleurs en bloc, ici j'aurais acheté un banc de denrées, à partir des laitues précoces jusqu'aux paquets de semoule bleus. « Adèle... T'es belle... » fredonnais-je...

– Moi, dit sous mon nez une enfant du pays aux yeux insoutenables, je trouve que *Les blés d'or,* ça ferait encore plus actualité.

Je ne répliquai pas, car cette blonde râblée, frisée pour la semaine, solide sur ses pattes et sucrée d'une grosse poudre, était en somme le porte-parole de la génération destinée à dévorer la mienne.

Je n'étais pourtant pas vieille, et surtout je ne paraissais pas mon âge véritable. Mais une vie intime assombrie, incertaine, une solitude qui ne ressemblait pas à la paix m'ôtaient la vivacité, l'aménité du visage. Je n'ai jamais été moins remarquée par les hommes qu'en ces années-là, dont je dissimule ici le millésime. C'est bien plus tard qu'ils m'ont rendu la bonne chaleur offensante des regards, et cette cordialité de la concupiscence qui porterait un admirateur, venu le moment de vous baiser la main, à vous prendre gentiment une fesse.

Le lundi suivant, par un matin de mars lourd, un azur blanc, un Paris poussiéreux et surpris qui répandait dans la rue son trop-plein de jonquilles et d'anémones, je montai mollement la pente montmartroise. Déjà les porches béants des immeubles rejetaient leur air plus froid que la rue, avec l'odeur carbonique des calorifères qu'on laissait s'éteindre. Je sonnai chez Mlle Rosita, qui ne m'ouvrit pas, et j'accueillis avec plaisir l'idée qu'elle était absente, occupée d'acheter la pâle escalope ou la choucroute toute préparée... Par acquit de conscience, je sonnai une seconde fois. Un mouvement faible frôla la porte et le parquet craqua.

– C'est vous, Eugène? demanda la voix de Mlle Barberet.

Elle parlait presque bas, et j'entendis sa respiration au niveau de la serrure.

Comme si je me disculpais, je m'écriai :

– C'est moi, mademoiselle Rosita! J'apporte des feuilles manuscrites...

Mlle Barberet fit un petit « ah! » et n'ouvrit pas tout de suite. Elle changea de voix, prit un ton maniéré :

– Oh! madame, où avais-je la tête... Je suis à vous...

Un verrou de sûreté glissa dans sa gâche et la porte s'entrouvrit.

– Faites bien attention, madame, vous pourriez buter... Ma sœur est par terre.

Elle n'eût pas mis plus de politesse et de modération à dire : « Ma sœur est allée à la poste. » Je butai en effet contre un corps dont l'horizontalité, les pointes des pieds dressés vers le ciel, les taches pâles des mains et du visage me mirent dans un état de pusillanimité que j'ai en aversion. En m'écartant du corps étendu, je demandai, pour avoir l'air d'offrir une aide :

– Qu'est-ce qu'il y a? Voulez-vous que j'appelle quelqu'un?

Puis je m'avisai que Mlle Rosita, cette sensitive, ne paraissait pas très troublée.

– C'est un malaise... une espèce d'étourdissement sans gravité. Le temps de prendre le flacon de sels et une serviette mouillée...

Elle courait déjà. Je m'aperçus qu'elle n'avait pas songé à donner la lumière, et je trouvai sans peine le bouton à droite de la porte. Un plafonnier en forme d'assiette à bord ruché éclaira pauvrement l'antichambre, et je me penchai sur la jeune femme couchée. Elle gisait avec beaucoup de correction, la jupe au ras des chevilles. L'un de ses bras ployé, la main à la hauteur de l'oreille, paume en dehors, semblait commander l'attention, et sa tête était un peu détournée sur l'épaule. Une très jolie jeune femme, vraiment, retranchée dans un évanouissement boudeur. J'entendais Mlle Rosita, dans la chambre, ouvrir et refermer un tiroir, claquer la porte d'un placard...

Et je trouvais les secondes longues, à regarder le porte-parapluies-tube, la table de rotin; surtout une portière à dessin algérien me mit au cœur le regret d'un lambeau de verdure, assez joli, qui pendait autrefois à la même place. Comme je baissais les yeux sur la jeune femme immobile, je m'aperçus que, par une ligne effilée de regard entre ses paupières, elle m'épiait. J'en fus, je ne sais pourquoi, désagréablement surprise, comme d'une mystification. Je me penchai sur la fausse évanouie et lui appliquai le remède qu'on préconise encore contre les pâmoisons, c'est-à-dire une gifle bien cinglante. Elle la reçut avec un grondement offensé et s'assit d'un coup de reins.

– Tiens! ça va mieux? s'écria Rosita qui apportait une serviette mouillée et un litre de vinaigre à salade.

– Comme tu vois, Madame m'a tapé dans les mains, dit Délia froidement. Tu n'aurais pas pensé à ça? Aide-moi à me lever, s'il te plaît.

Je ne pus me dispenser de lui prêter mon bras. Ainsi je pénétrai, en la soutenant, dans la chambre d'où elle m'avait à peu près priée de sortir.

La pièce résonnait des bruits de la rue, qui montaient par la fenêtre ouverte. J'y retrouvai, fidèle, le contraste des sons gais et d'une lumière triste. Et je conduisis la jeune simulatrice jusqu'au lit-divan.

– Rosita, tu me feras peut-être la charité d'un verre d'eau?

Je commençai à comprendre que les deux sœurs usaient entre elles d'aigreur et d'un ton de persiflage. Le petit pas de Rosita s'en alla vers la cuisine, et je me préparai à quitter le chevet de sa cadette. Mais, d'un mouvement imprévu, Délia me saisit la main, m'attira, puis lia ses bras autour de mes genoux, contre lesquels elle appuya sauvagement sa tête.

Il faut penser qu'à cette époque de ma vie je n'avais pas encore d'enfant, que l'amitié, autour de moi, empruntait des dehors de pudeur, de camaraderie brusque et d'insensibilité. Il faut compter que pendant bien des mois ce gros pain roboratif que sont le baiser, la bonne étreinte, le contact frais de l'enfance et de la jeunesse se tenaient écartés de moi, étaient des biens lointains et perdus. Aussi l'effusion soudaine d'une jeune femme inconnue, un bruissement de pleurs et l'embrassement soudain m'étourdirent. Le retour de Rosita me vit à la même place, et les bras exigeants se dénouèrent.

– J'ai fait couler le robinet deux minutes, expliqua la sœur aînée. Madame, comment m'excuser?

J'en voulus soudain à Mlle Barberet d'avoir un air d'empressement mondain, deux petits rouleaux de cheveux dansant sur l'épaule droite et un brin d'essoufflement.

– Je dois, demain matin, acheter des coupons au marché Saint-Pierre, interrompis-je. Je pourrai donc venir prendre les copies, et vous me donnerez des nouvelles de... cette jeune personne... Non, restez là. Je connais le chemin.

Qui a bougé dans le fourré? Non, ce n'est pas un lapin. Ni une couleuvre. Ni un oiseau, qui procède par déplacements plus courts. Seul le lézard est aussi agile, aussi apte à couvrir vivement un long trajet, et imprudent... C'est un lézard. Le large papillon qui vole au loin – j'eus toujours d'assez mauvais yeux – vous dites que c'est un Machaon? Non, c'est un Flambé. Pourquoi? Parce que celui que nous regardons plane magnifiquement, comme seul le Flambé peut le faire, et que le Machaon a un vol battant. « Mon mari, un homme si calme... », me disait une amie. Si calme? Elle ne voyait pas qu'il tétait sa langue tout le long du jour. Elle croyait qu'il mâchait du chewing-gum, ne faisant pas de différence entre le chiquage de la gomme et la succion nerveuse de la langue. Moi, je pensais que cet homme avait des ennuis, ou bien que la présence de sa femme l'exaspérait...

Depuis que j'avais fait la connaissance de Délia Essendier, il m'arrivait de « repasser » ainsi les leçons que me donnèrent mon instinct, les animaux, les enfants, la nature et mes inquiétants semblables. Il me semblait que j'avais plus que jamais besoin de savoir par moi-même, et sans en délibérer avec personne, que la dame qui passe souffre de son soulier gauche, que mon interlocuteur se donne l'air de boire mes paroles et ne m'écoute pas, que telle femme qui se cache d'aimer tel homme ne peut s'empêcher de le suivre magnétiquement dès qu'il est présent, mais toujours en lui tournant le dos. Un chien qui a une mauvaise pensée boite quelquefois, par nervosité...

Les enfants et les êtres qui conservent en eux-mêmes quelque trait ingénu de l'enfance, sont à peu près indéchiffrables, je le reconnais. Pourtant, dans le visage de l'enfant il y a un seul endroit révélateur, instable, un espace compris entre la narine, l'œil et la lèvre supérieure, où viennent affleurer les ondes d'un délit intérieur. Cela est fugitif, foudroyant. Quel que soit l'âge de l'enfant, ce petit éclair de culpabilité fait de l'enfant un adulte ravagé. J'ai vu le mensonge grave, sur une fillette, marquer sa narine et sa lèvre supérieure comme d'un bec-de-lièvre...

– Dites-moi, Délia...

... mais sur les traits de Délia, rien ne paraissait qui fût explicite. Elle se réfugiait dans le sourire – pour moi – ou dans une mauvaise humeur dédiée à sa sœur aînée, ou bien elle entrait dans une sombre attente, s'y installait comme au guichet d'une tour de guet. Sur son divan-lit couvert d'une étoffe verte imprimée de capucines bleues – derniers sursauts de la vogue des impressions « liberty » – elle s'étendait à demi, serrait contre elle un gros coussin, y appuyait son menton, et bougeait peu. Peut-être se rendait-elle compte que son attitude convenait à sa beauté souvent revêche.

– Mais dites-moi, Délia, quand vous vous êtes mariée, est-ce que vous n'avez pas eu le pressentiment que...

Ainsi étayée, et la jupe tirée jusqu'aux chevilles, elle semblait moins attendre que méditer. La méditation profonde ne se souciant pas d'être expressive, Délia Essendier, même lorsqu'elle parlait, ne tournait guère les yeux vers moi. Elle regardait plutôt la fenêtre entrouverte, réservoir d'air, source des sons, vivier verdi par ses rideaux verts et bleus. Ou bien elle contemplait fixement les petites pantoufles dont ses pieds étaient chaussés. Moi aussi, autrefois, j'achetais ces petites pantoufles en imitation de soie brochée, sans talons, coiffées d'un pompon floche sur le cou-de-pied. Elles coûtaient à l'époque treize francs soixante-quinze, et leur mauvais tissu se ternissait vite. La jeune recluse volontaire que j'avais devant moi ne s'embarrassait pas de souliers. Pour recluse, elle ne l'était qu'à demi, sortant le matin, achetant des provisions d'écureuil, une provende de pain frais, de noix sèches, d'œufs et de pommes, le peu de viande qui suffisait à l'appétit des deux sœurs.

– Est-ce que vous ne m'avez pas raconté, Délia...

Non. Elle ne m'avait rien raconté. Son bref coup d'œil me châtiait d'imaginer, de manquer de mémoire. Que faisais-je là, dans un lieu qui m'eût dû être interdit, auprès d'une femme assez jeune pour que rien ne marquât sa condition d'épouse, et qui ne manifestait ni vertus, ni élévation, ni même autant d'intelligence qu'un vif et doux animal? Il s'agit, j'y insiste, d'une période de ma vie à laquelle la maternité et l'amour heureux n'avaient pas encore fourni leur merveilleux lieu commun.

On eût pu déjà me reprendre sur le choix de mes fréquentations – ceux qui l'ont tenté, en tout temps, je les ai fort mal reçus – et mes amis s'étonner de me rencontrer, par exemple, en train de faire les cent pas avenue du Bois en compagnie d'un palefrenier fripé qui amenait, remmenait les chevaux de selle loués par un manège. Un ancien jockey malchanceux, déchu, qui avait l'air d'un vieux gant. Mais il en savait long sur toutes choses hippiques et canines, maladies, pansements, breuvages de feu propres à vous rendre la vie ou à vous l'ôter, et j'aimais sa substantielle conversation, encore qu'il m'en apprît trop sur les maquillages commerciaux des bêtes à vendre.

Je me serais bien passée, par exemple, de savoir que l'on coule de la cire à cacheter dans les oreilles d'un « french bull », si celui-ci a les pavillons un peu mous... Le reste de sa science était captivant. Avec une richesse foncière moindre, Marie Mallier avait bien du charme. Quelqu'un eut-il sujet, autour de moi, de se montrer pointilleux sur les faits et gestes que Marie Mallier nommait génériquement « chanter l'opérette en tournée »? Je ne l'aurais pas souffert. Réduite à des consentements prompts, Marie Mallier parmi tous les péchés a chéri la couture et le repassage, délectations de peu de fruit. Car le piment d'une occupation, tenue généralement pour innocente, fait tort à bien des obligations coupables.

« Faire une reprise que les coins ne grignent pas, disait Marie Mallier, et que toutes les petites bouclettes à l'envers soient bien ressorties, ça me fait comme de couper un citron! » Nos péchés sont moins de facilité que de prédilection. Secourir avec passion une personne inconnue, fonder sur elle des espoirs que décourageraient la sagesse et l'amitié de nos pairs, adopter furieusement un enfant qui n'est pas le nôtre, nous ruiner, d'une manière obstinée, pour un homme que probablement nous haïssons, ce sont là des manifestations étranges d'une lutte contre nous-mêmes, qui a nom tantôt désintéressement, tantôt esprit de contradiction. Auprès de Délia Essendier, je me retrouvais vulnérable, portée aux dons vaniteux, comme une pensionnaire qui vend ses livres pour acheter le chapelet, le ruban, la petite bague et les glisser, avec un mot tremblant, dans le pupitre d'une compagne bien-aimée.

Pourtant, je n'aimais pas Délia Essendier, et la compagne bien-aimée que je cherchais, n'était-ce pas l'ancien moi-même, sa forme triste collée, comme un pétale entre deux pages, aux murs d'un gîte un peu maudit?

– Délia, vous n'avez pas ici une photographie de votre mari?

Depuis le jour où ses bras avaient serré mes genoux, aucun autre appel muet n'était venu de Délia, sauf, quand je me levais, un geste pour me retenir par la main, geste de jeune fille gauche, qui n'a pas appris à saisir, offrir franchement la paume; elle tirait seulement sur mes doigts qu'elle abandonnait vite, comme par bouderie, puis elle se détournait vers la fenêtre presque toujours ouverte. Le printemps était venu, rapide, traversé d'ondées douces. Suivant la suggestion de son regard, c'est moi qui allais à la fenêtre, et je regardais les passants ou plutôt leurs couvercles, car tous portaient chapeaux dans ce temps-là. Lorsque la porte cochère, en bas, avalait un homme au grand pas, vêtu d'un pardessus bleu, malgré moi je comptais les secondes et mesurais le temps qu'il fallait à un visiteur pressé pour traverser le vestibule, gravir l'étage et sonner. Mais personne ne sonnait, et je rendais à mon souffle son libre jeu...

– Est-ce qu'il vous écrit, votre mari, Délia?

Pour le coup, la réticente, à qui je ne ménageais pas les questions, qu'elle les laissât ou non sans réponse, me toisa de son regard offensé. Mais je n'en étais plus à faire cas de ses dédains, et je répétai :

– Oui, je vous demande si votre mari vous écrit quelquefois?

Ma question fit grand effet sur Rosita, qui traversait la chambre. Elle s'arrêta court, comme attendant la réponse de sa sœur.

– Non, dit enfin Délia. Il ne m'écrit pas, et il fait aussi bien. Nous n'avons rien à nous dire.

Sur quoi Rosita ouvrit, d'étonnement, la bouche et les yeux. Puis elle reprit sa marche à pieds légers, et, près de disparaître, leva les deux mains à la hauteur de ses oreilles. Ce geste de scandale ranima ma curiosité, qui parfois s'apaisait. Il me faut avouer aussi que, rendue à mon mauvais et attirant autrefois, je trouvais choquant que Délia – Délia et non pas moi – fût étendue sur le lit-divan, jouant à quitter et remettre ses petites pantoufles, tandis que, lasse d'un siège inconfortable, je me levais pour aller et venir, pousser avec une feinte négligence la table plus près de la fenêtre, mesurer l'espace autrefois rempli par une sombre armoire...

– Délia, c'est vous qui avez choisi ce papier de tenture?

– Sûrement non. Moi, j'aurais voulu un papier fleuri, comme dans le living-room.

– Quel living-room?

– La grande pièce.

– Ah! bon. Ce n'est pas un living-room, puisque vous n'y vivez pas. Je dirais plutôt l'atelier, parce que votre sœur y travaille.

Les jours allongeant, je distinguais la couleur des yeux de Délia – autour de ses pupilles dilatées régnait un anneau d'un gris-vert obscur – et la blancheur de son teint, pareil à la carnation des Méridionales, qui sont pâles sans nuances du front jusqu'aux pieds. Elle me jeta un regard de méfiance butée.

– Ma sœur peut aussi bien travailler dans un living-room si ça lui plaît.

– L'essentiel est qu'elle travaille, n'est-ce pas? repartis-je.

D'une ruade, elle lança au loin l'une de ses pantoufles.

– Moi aussi, je travaille, dit-elle roidement. Seulement, ça ne se voit pas. Je me fatigue, oh! je me fatigue... De là... De là...

Elle touchait son front, pressait ses tempes. Avec un peu de mépris, je regardais ses mains de paresseuse, ses doigts délicats, retroussés au bout et effilés, ses paumes charnues. Je haussai les épaules.

– Joli travail qu'une idée fixe! Vous devriez avoir honte, Délia.

Elle cédait facilement à des colères d'adolescente sans éducation et sans volonté.

– Je ne fais pas que de penser! cria-t-elle. Je... je travaille à ma manière! C'est dans ma tête!

– Vous préparez un roman?

J'avais parlé en me moquant, mais Délia n'en vit rien et, flattée, s'adoucit.

– Oh, tout de même, non... Il y a un peu de ça, mais en mieux.

– Qu'est-ce que vous appelez un roman en mieux, mon enfant?

Car je me laissais aller à la nommer ainsi, lorsqu'elle semblait précipitée dans une sorte d'enfantillage brutal, d'irresponsabilité. Elle bronchait toujours sous le mot, me gratifiait d'un coup d'œil lustré et vif, d'un sursaut de mauvaise grâce.

– Ah! je ne peux pas le raconter, dit-elle d'un ton de suffisance.

Elle se remit à pêcher des cerises dans un cornet de journal. Elle pinçait les noyaux et visait la fenêtre ouverte. Rosita traversait la pièce, affairée, et grondait sa sœur sans s'arrêter :

– Délia, tu ne devrais pas jeter les noyaux dans la rue...

Que faisais-je là, dans ce désert? Un jour, j'apportai de meilleures cerises. Un autre jour, ayant remis à Rosita un manuscrit chargé de ratures, je dis :

– Attendez... Est-ce que je pourrais refaire cette page sur... sur un bout de table, n'importe où... Là, tenez, ça ira très bien... Oui, oui, j'y vois assez. Oui, j'ai mon stylo...

Appuyée sur un guéridon mal calé, je recevais de gauche la lumière de l'unique fenêtre, et de droite l'attention de Délia. A mon étonnement, elle se mit au travail. Elle perlait finement des « réticules » et des galons dont la mode à ce moment s'engouait.

– Quel joli talent, Délia!

– Ce n'est pas un talent, c'est un métier, dit Délia d'un ton dégoûté.

Mais elle n'était pas fâchée, je crois, de se livrer sous mes yeux à un travail gracieux comme un délassement. Les aiguilles fines comme des cheveux d'acier, les perles en grains multicolores, le tulle-canevas, elle les maniait avec une adresse d'aveugle, toujours mi-étendue dans le coin du divan-lit. De la pièce voisine venait le langage haché de la machine à écrire, le renâclement de son petit chariot, à chaque ligne, et son timbre cristallin. Que faisais-je, dans ce désert? Ce n'était pas un désert. Je délaissais, chez moi, trois pièces étroites et closes, mes livres, le parfum que je vaporisais, ma lampe... Mais on ne vit pas d'une lampe, d'un parfum, de pages lues et relues. J'avais ailleurs des amis, des camarades, Annie de Pène meilleure que les meilleurs. Mais, pas plus que la chère fine ne vous épargne la fringale de cervelas, l'amitié éprouvée et délicate ne vous ôte le goût de ce qui est neuf et douteux.

Chez Rosita, chez Délia, j'étais assurée contre le mal de me confier. Mon passé caché montait avec moi l'escalier connu, s'asseyait secrètement au flanc de Délia, rangeait, selon l'ordre ancien, des meubles émigrés, ranimait les couleurs de la « lune de pluie » et affilait une vieille arme qui avait servi contre moi.

– C'est un métier que vous avez choisi, Délia?

– Pas exactement. Cette année, au mois de janvier, je l'ai repris, parce qu'il me permet de travailler chez moi.

Elle ouvrit le bec de ses ciseaux fins :

– C'est bon pour moi de toucher des choses pointues.

Certaine gravité de jeune insane seyait à Délia; je ne crus pas utile de l'encourager autrement que par un air interrogateur.

– Des choses pointues, répéta-t-elle, des ciseaux, des aiguilles, des épingles... C'est bon.

– Si vous voulez que je vous présente un avaleur de sabres, un lanceur de navajas et un porc-épic?

Elle daigna rire, et à cause de ce rire chromatique, je regrettai qu'elle ne fût pas plus souvent heureuse. Une puissante voix féminine, dans la rue, modula l'appel des verdurières.

– Oh! c'est la voiture des cerises, murmura Délia.

Sans prendre le temps de coiffer mon feutre, je descendis, tête nue, et j'acquis un kilo de bigarreaux clairs. En courant pour éviter une voiture, je bousculai un homme arrêté devant *ma* porte.

– Un peu plus, madame, vos cerises...

Je souris à ce passant qui était bien de Paris, le visage vif, quelques fils blancs dans ses cheveux noirs, un bel œil fatigué de graveur ou de linotypiste. Il allumait une cigarette, sans quitter du regard la fenêtre de l'entresol. L'allumette enflammée lui brûla les doigts; il la laissa tomber et se détourna.

Un cri de plaisir – le premier que j'eusse entendu des lèvres de Délia – accueillit mon entrée, et la jeune femme appuya le dos de ma main contre sa joue. Inexplicablement récompensée, je la regardai manger les cerises, déposer les queues et les noyaux dans le couvercle d'une boîte à épingles. Son expression d'égoïsme et de gourmandise satisfaite ne la dépouillait pas du charme qui nous attache aux enfants violents, retirés dans leurs passions et qui ne condescendent point à plaire.

– Figurez-vous, Délia, qu'en bas sur le trottoir...

Elle s'arrêta de manger, une grosse cerise en fluxion dans sa joue.

– Quoi, en bas sur le trottoir?

– Il y a un homme qui regarde vos fenêtres. Un homme très gentil, ma foi.

Elle avala sa cerise, cracha le noyau précipitamment :

– Il est comment?

– Brun, une figure... agréable, des cheveux blancs dans ses cheveux noirs. Il a des doigts roussis au bout, des doigts d'homme qui fume trop.

En ramenant sous elle, d'une détente brusque, ses

pieds déchaussés, Délia répandit à terre les légers instruments de son travail.

– Quel jour sommes-nous? Vendredi, n'est-ce pas? Oui, vendredi.

– C'est votre amoureux du vendredi? Vous en avez pour tous les jours de la semaine?

Elle me jeta en plein visage l'outrageant coup d'œil que les adolescents réservent à qui les traite de « grands bébés ».

– On ne peut rien vous cacher.

Elle se leva pour ramasser son attirail de brodeuse, brandit contre la lumière une délicate petite bourse ancienne qu'elle copiait, et je m'aperçus que ses mains tremblaient. Elle se tourna vers moi avec une gentillesse forcée :

– Il est gentil, pas, mon amoureux du vendredi? Il vous plaît?

– Il me plaît, mais je ne lui trouve pas bonne mine. Vous devriez le soigner.

– Oh! je le soigne, ne vous en faites pas pour lui...

Elle se mit à rire follement, jusqu'à se donner une quinte de toux. Lorsqu'elle s'arrêta de tousser et de rire, elle s'appuya à un meuble comme prise de vertige, trébucha et s'assit.

– C'est la fatigue, murmura-t-elle.

Ses cheveux noirs, dénoués, ne descendaient pas plus bas que ses épaules. Relevés sur les tempes, ils découvraient ses oreilles, et cette coiffure désordonnée de petite fille accentuait la régularité du profil, son caractère enfantin et inexorable.

« C'est la fatigue. » Mais quelle fatigue? Une mauvaise hygiène? Guère plus mauvaise que la mienne, aussi bonne que celle des femmes et filles qui habitent Paris. Quelques jours avant, Délia touchait son front, serrait ses tempes : « C'est de là que je me fatigue... Et de là... » L'idée fixe, oui, l'absent, l'Essendier infidèle... J'avais beau contempler cette parfaite beauté – à le bien détailler, rien ne péchait dans le visage de Délia – j'y cherchais en vain l'expression de la douleur, c'est-à-dire de l'amour.

Elle restait assise, un peu essoufflée, ses ciseaux au bec effilé sur sa robe noire au bout d'une chaîne d'acier. Mon attention ne la gênait pas, mais après peu d'instants elle se releva, comme quelqu'un qui reprend sa course en se reprochant de s'être attardé. La lumière et les bruits de la rue, par leur changement, m'annoncèrent la fin de l'après-midi, et je me préparai à partir. Derrière moi, irréprochablement mince et d'un blond assourdi, se tenait Mlle Rosita. Depuis quelque temps j'avais perdu l'habitude de la regarder; elle me sembla vieillie. Il me parut aussi que, par la porte grande ouverte, elle avait dû nous entendre plaisanter l'amoureux du vendredi. Au même instant, je me rendis compte que, fréquentant sans motif les sœurs Barberet, sans motif je laissais l'aînée à l'écart, sauf les brefs rapports que maintenaient entre nous sa profession et les explétifs de politesse, les considérations météorologiques, les remarques sur la cherté de la vie et le cinéma. Car jamais Mlle Rosita ne se fût permis une question qui touchât ma vie personnelle, mon évidente liberté de femme seule. Mais depuis combien de jours n'avais-je pas témoigné un intérêt quelconque à Rosita? Je m'en sentis gênée, et comme Délia se dirigeait vers le cabinet de toilette, je méditai d'être « gentille » avec Rosita. Une travailleuse exemplaire, pourvue de vertus et même de distinction naturelle, qui « tapait » le manuscrit de Vandérem, les feuilletons d'Arthur Bernède et mes pages chargées de ratures, méritait quelques ménagements.

Les mains jointes paume contre paume, ses deux petits rouleaux de cheveux sur l'épaule droite, elle attendait patiemment que je m'en allasse. En m'approchant d'elle, je vis qu'elle ne me donnait aucune espèce d'attention. Ce qu'elle regardait, c'était le dos de Délia qui sortait. Durcis, ses yeux d'un bleu modéré ne quittaient pas la taille courte, un peu espagnole de sa sœur, et les cheveux noirs que relevait sa main distraite. Et, comme nous prenons pour divination ce qui est en nous choc et tressaillement, je pensai en descendant la colline de Paris, déjà rose par le haut de ses maisons : « Mais c'est au sein de cette Rosita, étroite et peu colorée, qu'il me faut chercher le mot d'une petite énigme, couvée entre un sommier-divan et la fenêtre unique d'une chambre où une jeune femme prétend, en s'y prenant par l'obstination et l'humeur jalouse, recommencer un moment de ma propre vie... La jeune femme butée, peut-être qu'elle a peu de lumières sur la petite énigme. En sût-elle davantage, elle ne me dira jamais rien. Son mystère, ou son apparence de mystère, c'est un don gratuit, en place duquel elle eût pu recevoir de la nature une mèche blonde parmi ses cheveux noirs, un signe sur la joue... »

Cependant, je suivais les trottoirs, où la présence des concierges sur leurs chaises, les jeux des enfants et les trajectoires des balles obligeaient le passant, dès juin, à une sorte de contredanse, deux pas en avant, deux pas en arrière, effacez-vous et tournez... L'odeur de l'évier bouché, en juin, se rend maîtresse des beaux crépuscules roses. Par contraste j'aimai mon quartier de l'ouest et sa sonorité de corridor vide. Une surprise m'y attendait, sous la forme d'un télégramme : Sido, ma mère, arrivait le lendemain, pour trois jours, à Paris. Elle ne fit, après celui-là, qu'un dernier voyage hors de son petit pays.

Pendant qu'elle était là, il ne fut pas question des demoiselles Barberet. Ce n'est pas son séjour que j'entreprends de raconter. Mais sa présence exigeante rappelait ma vie à la dignité, à la sollicitude. Il me fallait devant elle feindre une jeunesse presque égale à la sienne, la suivre dans ses élans. Je fus effrayée de la voir très petite, amaigrie, fébrile dans sa gaieté ravissante, et comme poursuivie. Mais j'étais encore loin de faire crédit à l'idée qu'elle pourrait mourir. N'entreprenait-elle pas, le même jour, d'aller acheter des graines de pensée, d'entendre un opéra-comique, de voir une collection léguée au Louvre? N'arrivait-elle pas porteuse de trois pots de groseille framboisée, des premières roses en boutons enveloppées d'un mouchoir humide, n'avait-elle pas cousu pour moi, sur un carré de carton, les grains barométriques de la folle-avoine cornue?

Elle s'abstint, comme toujours, de me questionner sur mes soucis les plus intimes. La partie amoureuse de ma vie lui inspirait, je crois, une grande et maternelle répugnance. Mais je devais surveiller mes paroles, mon visage, me méfier de son regard, qui lisait à travers la chair qu'elle avait créée. Elle aimait écouter les nouvelles de mes amis et amies, de mes camarades de fraîche date. J'omis pourtant de lui conter l'histoire Barberet.

Attablée devant moi, repoussant l'assiette qu'elle ne vidait pas, elle me questionnait moins sur ce que j'écrivais que sur ce que je voulais écrire. Jamais je n'ai subi une critique qui ressemblât à celle de Sido, car, en croyant à ma vocation d'écrivain, elle doutait de ma carrière. « N'oublie pas que tu n'as qu'un don, disait-elle. Mais qu'est-ce qu'un don? Un don n'a jamais suffi à personne. »

Elle se grisait de l'air parisien comme une jeune fille de province, et se surmenait. Je la remis dans son train omnibus, avec l'inquiétude de l'y laisser seule et le contentement de savoir qu'elle aborderait, quelques heures plus tard, à son petit logis sans confort et sans dangers.

Après son départ, tout me semblait indigne d'être recherché. La saine mélancolie, la hauteur, les mérites qu'elle déposait en moi, j'avais déjà trop vécu loin d'elle pour qu'ils ne fussent pas éphémères. Pourtant, derrière elle, je repris ma place dans l'embrasure profonde de ma fenêtre, je rallumai ma lampe diurne coiffée de vert, mais j'étais mue par la nécessité, plutôt que par l'amour d'une œuvre bien faite. Et je travaillai jusqu'à ce que je dusse gravir, en métro, la pente que j'aimais redescendre à pied.

Mlle Rosita vint m'ouvrir. Par chance, elle fit « ah! » en me voyant, ce qui arrêta sur mes lèvres une pareille exclamation de surprise. En moins de quinze jours, ma vieille jeune fille était devenue une vieille fille. Un petit chignon de femme de ménage remplaçait le catogan et les deux anglaises; elle portait un tablier à plastron noué derrière la taille. Elle toucha machinalement son épaule droite, et balbutia :

– Vous me trouvez en négligé... J'ai été bousculée ces temps-ci...

Je serrai sa main sèche et délicate, qui fondait dans la mienne. Un parfum assez commun, mêlé à l'odeur de la poêle où chauffe l'huile de friture, rapprochait de moi le souvenir du petit appartement et de la sœur cadette.

– Vous allez bien? Votre sœur aussi?

Elle fit un mouvement d'épaules qui n'avait point de sens précis. J'ajoutai, avec un orgueil involontaire :

– Vous comprenez, j'ai eu ma mère pendant quelques jours... Et que devient Délia? Toujours travailleuse? On peut lui dire bonjour?

Mlle Rosita baissa la tête comme les moutons qui rassemblent leur courage pour se battre :

– Non, on ne peut pas. C'est-à-dire qu'on peut, mais je ne vois pas pourquoi vous diriez bonjour à une criminelle.

– Comment?

– A une criminelle. Moi, il faut que je reste là. Mais vous, qu'est-ce que vous avez à faire avec une criminelle?

Sa courtoisie elle-même avait changé. Mlle Rosita restait polie, mais prononçait avec une profonde indifférence des paroles qui pouvaient passer pour monstrueuses. Je ne reconnaissais même pas son petit col blanc, remplacé par une grossière broderie mécanique bleu ciel.

– Mais, mademoiselle Rosita, je ne pouvais pas deviner... Je vous apportais...

– Très bien, dit-elle promptement. Voulez-vous passer par ici?

J'entrai dans la grande pièce, ainsi qu'au temps où Mlle Rosita me barrait adroitement l'accès de la chambre de Délia. Je déroulai mon manuscrit sous la lumière insoutenable des fenêtres sans stores, donnai des indications comme à une inconnue. Comme une inconnue, Rosita écoutait, disait : « Très bien... Parfait... En noir et en violet... Ce sera fini mercredi. » Les fréquents et inutiles : « Madame... Oui, madame... Oh! madame... » avaient disparu de ses répliques. De sa conversation aussi, elle avait supprimé les anglaises...

Comme au temps de ma curiosité première, je pris patience d'abord, puis la perdis brusquement, et baissai à peine la voix pour demander de tout près à Mlle Barberet :

– Qui a-t-elle tué?

La pauvre fille se laissa surprendre, esquissa un petit geste désespéré et s'appuya des deux mains à la table :

– Ah! Madame, ce n'est pas fait, mais il va mourir.

– Qui?

– Mais son mari, Eugène...

– Son mari... Celui qu'elle attendait jour et nuit? Je croyais qu'il l'avait abandonnée?

– Abandonnée, c'est bientôt dit... Ils ne s'accordaient pas, mais il ne faut pas croire qu'il avait les torts, bien loin de là... C'est un très gentil garçon qu'Eugène, madame. Et il n'a jamais cessé d'envoyer quelque chose à ma sœur sur ce qu'il gagne, vous savez... Mais elle, n'est-ce pas, elle s'était mis dans la tête de se venger.

Devant le désordre croissant qui envahissait Rosita Barberet, je crus distinguer l'égarement dont un vieux poison amoureux faisait les frais... La rivalité banale, dangereuse, de la sœur jolie et de la sœur fade... Une mèche, échappée du chignon bâclé de Rosita, devenait à mes yeux le symbole de la véhémence déraisonnante. La « lune de pluie » brilla de ses sept couleurs sur le mur de mon ancien abri, livré à des ennemies en chemin de s'accuser, de se combattre...

– Mademoiselle Rosita, je vous en prie... Est-ce que vous n'exagérez pas un peu? C'est une très grave accusation, rendez-vous compte...

Je lui parlais sans rudesse, car j'ai peur des fous libres de nuire, des monologueurs qui parlent dans la rue sans nous voir, et des ivrognes violacés qui menacent le vide et vont en zigzag... Je voulus reprendre mon manuscrit, mais le rouleau, capturé par Rosita, lui servait à ponctuer ses phrases. Elle parlait violemment, sans élever la voix :

– Je dis bien, se venger, madame. Quand elle s'est rendu compte qu'il ne l'aimait plus, elle s'est dit : « Toi, je t'aurai. » Alors, elle lui a jeté un sort.

Le mot était si inattendu qu'il m'égaya, et Rosita s'en aperçut :

– Ne riez pas, madame. On dirait vraiment que vous ne savez pas de quoi vous riez.

Un objet métallique tomba, de l'autre côté de la porte, et Rosita tressaillit.

– Allons! bon, les ciseaux, maintenant..., dit-elle en se parlant à elle-même.

Elle dut lire sur mon visage quelque chose comme l'envie d'être ailleurs et voulut me rassurer :

– N'ayez pas peur. Elle entend bien que vous êtes là; mais, si vous n'entrez pas dans sa chambre elle ne viendra pas ici.

– Je n'ai pas peur, dis-je aigrement. Qu'est-ce qu'elle lui a donné? Une drogue?

– Elle l'a convoqué. Convoquer, vous savez ce que c'est?

– Non... c'est-à-dire que j'en ai bien une idée, mais les détails... les détails m'échappent.

– Convoquer, c'est faire venir une personne par la force. Ce pauvre Eugène...

– Attendez! m'écriai-je à voix basse. Votre beau-frère, comment est-il? Ce n'est pas un garçon brun, qui a des cheveux blancs dans ses cheveux noirs? Il a assez mauvaise mine, le teint des gens qui ont une lésion cardiaque? Oui? Alors, c'est lui que j'ai vu il y a... mettons deux semaines.

– Où?

– Là, en bas, il regardait la fenêtre de ma... la fenêtre de la chambre de Délia, il avait l'air d'attendre. J'ai même averti Délia qu'elle avait un amoureux sous sa fenêtre...

Rosita joignit les mains :

– Oh! madame! Et vous ne me l'avez pas dit! Quinze jours!

Elle laissa tomber ses bras le long de son tablier. Ses yeux clairs contenaient un reproche qui n'avait pour moi aucun sens. Elle me regardait sans me voir, ses lunettes à la main, d'un regard intense et mal assuré.

– Mademoiselle Rosita, vous ne voulez pourtant pas dire que vous accusez Délia de maléfice et d'envoûtement?

– Mais si, madame! Ce qu'elle fait, on appelle ça convoquer, mais c'est la même chose.

– Écoutez, Rosita, nous ne sommes plus au Moyen Age... Réfléchissez un peu...

– Mais je réfléchis, madame, je ne fais que ça! Ce qu'elle fait, elle n'est pas la seule à le faire. C'est courant. Remarquez, je ne dis pas que ça réussisse tous les jours... Vous n'en saviez rien?

Je fis signe que non, et mon interlocutrice haussa légèrement les épaules, comme pour juger que mon éducation avait été bien insuffisante. Une horloge quelque part annonça midi et je me levai pour partir. Absorbée, Rosita me suivit, par politesse machinale. Dans le vestibule sombre, la lumière du plafonnier en forme d'assiette lui sculptait des traits de vieille dame maigre.

– Rosita, lui dis-je, si votre sœur s'étonnait que je n'aie pas demandé à la voir...

– Elle ne s'étonnera pas, dit-elle en agitant la tête. Elle est bien trop occupée à mal faire.

Elle me regarda avec une ironie dont je ne la croyais pas capable :

– Et puis, vous savez, le moment est mal choisi pour la voir. Elle n'est guère jolie, ces temps-ci. Si elle l'était, ce ne serait vraiment pas juste.

Soudain je me rappelai les paroles singulières de Délia : « C'est bon pour moi de toucher des choses pointues, des ciseaux, des épingles... » Gagnée à une excitation de racontar néfaste, je me penchai à l'oreille de Rosita et les lui répétai.

Elle me saisit familièrement le haut du bras, m'attira sur le palier.

– Je vous reporte vos feuilles tapées demain soir, à six heures et demie, sept heures. Sauvez-vous, *elle* va me réclamer son déjeuner.

Le plaisir que je me promettais de goûter, après avoir quitté Rosita Barberet, je ne l'eus pas. Pourtant, en mesurant l'extravagance, l'ambition de cette anecdote qui voulait se hausser jusqu'au fait divers, je trouvais qu'il ne lui manquait rien, sauf la bonhomie. Un défaut d'innocence gâtait sa couleur excitante, son côté papotage de commères, drame d'herboristerie, recette de philtre. Car je n'aime pas le pittoresque s'il est basé sur un sentiment haineux. En regagnant mon quartier, je comparais l'histoire Barberet à « l'histoire de la rue Truffaut », et cette dernière m'était bien plus plaisante, avec son cercle de braves femmes batignollaises qui, mains à mains sur une table de salle à manger, conversaient avec l'au-delà, prenaient des nouvelles de leurs enfants défunts, de leurs maris disparus, ne s'enquéraient pas de mon nom puisque j'avais été présentée par le coiffeur de la rue, et me donnèrent en passant le conseil de me méfier d'une dame X... Il se trouva que le conseil était excellent. Mais le principal attrait de la réunion résidait dans le lieu sourd, le tapis de table bordé d'une frange-boules assortie à celle des rideaux, l'esprit d'un jeune matelot, habitué invisible et espiègle, qui, revenant à jours fixes, s'enfermait dans l'armoire à vaisselle pour y faire tintinnabuler tasses et soucoupes. « Ah! celui-là... », soupirait la lourde maîtresse du logis avec indulgence.

– Tu lui passes tout, maman, reprochait sa fille-médium. Ce serait pourtant dommage s'il cassait la tasse bleue.

A la fin de la séance, ces dames versaient à la ronde un thé décoloré et tiède... Quelle paix, quelle gentillesse chez ces hôtesses dont la sociabilité ne se fiait plus qu'à un monde extra-terrestre! Combien elle m'était agréable aussi, cette rebouteuse, Mlle Lévy, qui se chargeait de soigner les âmes et les corps, et demandait en échange si peu d'argent! Elle massait, imposait les mains, dans le secret des profondes loges des concierges pâlies, dans les cases d'artistes de la rue Biot et au concert de la Fauvette. Elle cousait dans des sachets de beaux caractères hébraïques, vous les pendait au col : « Vous pouvez être tranquille sur l'efficacité, c'est préparé par les mains de l'innocence. » Et elle montrait ses belles mains, amollies par les pâtes et les onguents, et ajoutait : « Si ça n'allait pas mieux demain, je peux mettre pour vous, en m'en allant, un cierge à Notre-Dame-des-Victoires. Moi, je suis bien avec tout le monde. »

Certes, je n'étais pas, sur les pratiques des magies naïves et populaires, aussi novice que j'avais voulu le paraître aux yeux de Mlle Barberet. Mais auprès de mes sibylles à dix et vingt francs, je n'avais fait que me divertir, écouter la richesse étroite de vieux vocables exclusifs, abandonner mes mains à des mains tellement étrangères, tellement poncées par le contact des mains humaines, que je bénéficiais d'elles, un moment, comme j'eusse fait d'un bain de foule, d'un récit insignifiant et volubile, d'un analgésique, enfin, à l'usage des enfants...

Tandis que ces Barberet ennemies... Une impasse hantée de mauvais desseins, voilà donc ce qu'était devenu un petit appartement où naguère j'avais souffert sans fiel, sous la garde de ma lune de pluie?

Ainsi, je faisais le compte de ce qui, parmi l'inexplicable, m'avait plus ou moins appartenu à la faveur des truchements obtus, des créatures vacantes dont le vide reflète des fragments de destinées, des menteuses modestes et des visionnaires véhémentes. Aucune ne m'avait fait de mal, aucune ne m'avait effrayée. Mais ces deux sœurs dissemblables...

J'avais déjeuné de si peu que je fus contente d'aller

dîner chez une aubergiste modeste, qu'on appelait bonnement « cette grosse qui fait bien la cuisine ». Il était rare que je ne rencontrasse pas, sous ses plafonds bas, quelqu'un de ceux que nous nommons « des amis » et qui parfois, en effet, sont affectueux. Je crois me souvenir qu'avec le comte d'Adelsward de Fersen je couronnai mon orgie – bœuf à l'ancienne et cidre normand – en passant deux heures au cinéma. Fersen, blond, couvert d'un hâle brique, écrivait des vers et n'aimait par les femmes. Mais il était si bien tourné pour plaire à toutes que l'une s'écria à sa vue : « Ah! que de bien de perdu! » Intolérant et lettré, il avait le caractère prompt, cachait sous trop d'éclat une timidité foncière. Quand nous quittâmes le restaurant, Gustave Téry y commençait son dîner tardif. Mais le fondateur de *L'Œuvre* ne me fit guère d'autre accueil que de me jeter des regards de buffle, comme chaque fois qu'il était gonflé de polémique et se croyait persécuté. Sphérique, léger dans sa démarche, il entra comme un cumulus bousculé. Ou je me trompe, ou ce soir-là mes passants, aussitôt reconnus, avaient une aptitude singulière à se déplacer et à disparaître. La dernière rencontre fut celle d'une fille qui guettait les piétons au coin du trottoir, une centaine de pas avant la maison que j'habitais. Je ne manquai pas de lui dire un mot, ainsi qu'au chat errant qui lui tenait compagnie. Une lune large et chaude, une jaune lune de juin, éclairait mon retour. La femme, debout sur son ombre courte, parlait au chat Mimine. Elle ne s'intéressait qu'à la météorologie, du moins on l'eût cru d'après ses rares paroles. Depuis six mois, je lui voyais un manteau indistinct, un chapeau-cloche à petit plumet militaire, qui cachait le haut de son visage.

– Il fait doux, me dit-elle en guise de salut. Mais il ne faudrait pas s'imaginer que ça va durer, le brouillard est en long au-dessus de la rivière. Quand il est par grosses bouffées séparées, comme des feux d'herbes, c'est du beau temps. Et vous voilà, toujours à pied, donc?

Je lui offris une des cigarettes que Fersen m'avait données. Elle resta plus longtemps que moi fidèle au quartier, son ombre pelotonnée à ses pieds, cette bergère sans ouailles qui parlait de feux d'herbes et traitait la Seine de rivière. J'espère que depuis longtemps elle dort à jamais seule, et rêve fenils, aubes qui durcissent la rosée en givre, brumes collées à l'eau courante et roulant avec elle...

Le petit appartement que j'occupais à cette époque faisait l'envie de mes rares visiteurs. Mais je connus vite qu'il ne me retiendrait pas longtemps. Non que ses trois pièces – disons deux pièces et demie – fussent incommodes, mais elles mettaient en évidence des objets impairs qui, sous d'autres lambris, avaient été pairs. Je ne possédais plus qu'une des deux belles potiches rouges, montée en lampe. Le second fauteuil Louis XV, absent, il tendait ailleurs ses maigres bras à un repos qui n'était pas le mien. Ma bibliothèque plate attendait vainement l'autre bibliothèque plate, et l'attend encore. Une série d'amputations mobilières ne gênait que moi, et Rosita Barberet ne faillit pas à s'écrier : « Mais c'est un véritable nid! » en joignant d'admiration ses mains gantées. Un rayon bas – Honnorat n'était pas encore hors de pages, et sept heures à la pendule Charles X marquaient bien sept heures de relevée – atteignait ma table à écrire, traversait un carafon de vin de Lunel et touchait au passage un petit bouquet de ces roses de juin qui en juin, à Paris, vont par douze.

J'eus plaisir à retrouver la Rosita correcte, de noir vêtue, sa lingerie blanche au col. La mode de l'époque aimait les petites capes-pèlerines courtes dont les pans, croisés devant, s'assujettissaient derrière la taille. Mlle Barberet savait porter un chapeau de Paris, c'est-à-dire un chapeau très simple. Mais elle semblait avoir répudié définitivement les deux petites anglaises sur l'épaule. Le bord de son chapeau descendait sur le triste chignon en colimaçon, symbole de tous les renoncements, sur la nuque pauvre qui grisonnait, et abritait un visage dépéri de souci. En emplissant pour Rosita un verre de vin de Lunel, j'avais envie de lui offrir aussi du rouge à lèvres, de la poudre, quelque fard réparateur...

Elle commença par repousser le vin couleur de topaze brûlée et les biscuits.

– Je n'ai pas l'habitude, madame, je ne bois que de l'eau rouillée et quelquefois un peu de bière.

– Seulement une gorgée. C'est un vin pour enfants.

Elle but une gorgée, se récria, but encore une gorgée et encore une, en faisant des mines parce qu'elle n'avait pas appris à être simple autrement que dans son cœur. Entre-temps, elle admirait tout ce que sa myopie ne lui permettait pas de distinguer. Elle eut bientôt une joue rouge et une joue pâle, et un peu de sang en fibrilles sur ses sclérotiques, autour du bleu avivé de ses prunelles. Une femme mûre en eût rajeuni, mais Mlle Barberet n'était qu'une fille encore jeune et dessaisonnée.

– C'est un breuvage magique, dit-elle avec son sourire entre guillemets.

Enchaînant comme au théâtre, elle soupira :

– Ah! si ce pauvre Eugène...

Par là je compris que le temps lui était mesuré et je voulus savoir jusqu'où.

– Votre sœur est sortie? Elle ne vous attend pas?

– Je lui ai dit que je vous rapportais la copie et que je passais aussi chez M. Vandérem et chez M. Lucien Muhlfeld pour ne faire qu'une course. Si elle est pressée de dîner elle a du potage-santé de reste d'hier, un artichaut cuit et de la compote de rhubarbe.

– D'ailleurs le petit restaurant, à droite en descendant votre rue...

Mlle Barberet secoua la tête.

– Non. Elle ne sort pas. Elle ne sort plus.

Elle huma une goutte de vin au fond de son verre, puis croisa ses bras avec décision sur ma table de travail, juste en face de moi. Le soleil descendant s'attacha un moment à tous les traits de son visage mi-partie chaud, mi-partie froid, à une broche de turquoise qui fermait son col. Je voulus venir à son aide et lui éviter les préambules.

– Je vous avoue, Rosita, que je n'ai pas très bien compris, hier, ce que vous m'avez dit...

– Je m'en suis aperçue, dit-elle avec un petit hennissement. D'abord je croyais que vous vous moquiez un peu de moi. Une personne aussi instruite que vous... En deux mots comme en cent, madame, ma sœur est en train de faire mourir son mari. Sur la mémoire de ma mère, madame, elle le tue. Six lunes sont déjà passées, la septième vient, c'est la lune fatale, ce malheureux sait qu'il est appelé, d'ailleurs il a déjà eu deux accidents, dont il s'est entièrement remis, mais tout de même c'est un handicap qui le met en état de moindre résistance et qui lui rend à elle la tâche plus facile...

Du premier souffle elle dépassait les cent mots, si sa précipitation et sans doute la chaleur du vin ne l'eussent un peu étranglée. Je profitai de sa quinte de toux :

– Mademoiselle Rosita, une seule question. Pourquoi Délia voudrait-elle faire mourir son mari?

Elle leva les mains en signe d'irresponsabilité et d'impuissance.

– Ah! pour ça... Allez donc chercher la vraie raison! Ce sont des raisons d'homme et de femme! Et tu ne m'aimes plus et je t'aime encore, et tu veux ma mort et reviens je t'en supplie, et je voudrais te voir au diable...

Elle exhala un « hah! » brutal, et grimaça.

– Si tous les ménages qui ne s'entendent pas en venaient à l'homicide, ma pauvre Rosita...

– Mais ils y viennent, protesta-t-elle. Ils ne se gênent pas pour y venir!

– Ça ne fait qu'un petit nombre de faits divers.

– Parce que ça se passe en famille. La plupart du temps, on n'arrête personne. On en parle un peu dans le quartier. Allez voir trouver les traces! Les armes à feu, les poisons, c'est du démodé. Ma sœur le sait bien. Et la confiseuse d'en bas, qu'est-ce qu'elle a donc fait de son mari? Et le crémier du 57, c'est assez curieux que voilà deux fois qu'il est veuf?

Son vocabulaire précieux de vendeuse distinguée s'émiettait, et elle avançait le menton en gargouille. D'une chiquenaude, elle rejeta en arrière son chapeau qui lui serrait le front. Je fus choquée comme si elle eût rattaché sa jarretelle sur sa cuisse sans s'excuser. Elle dévoilait un grand front que je n'avais jamais tant vu, biseauté sur les côtés, par où je m'imaginai que devaient fuir les confidences, les secrets dangereux ou non. Derrière Rosita la fenêtre devenait rose, dernier reflet carné du jour. Pourtant je n'osai pas allumer tout de suite ma lampe.

– Rosita, dis-je sérieusement, est-ce que vous avez l'habitude de dire... ce que vous venez de me dire... à n'importe qui?

Elle appuya franchement son regard sur le mien.

– Vous voulez rire, madame. Est-ce que je serais venue si loin, si je connaissais près de moi quelqu'un qui mérite confiance?

Je lui tendis la main qu'elle saisit. Elle savait serrer la main, sèchement, chaudement, et ne pas prolonger l'étreinte.

– Si vous croyez que Délia fait du mal à son mari, pourquoi n'essayez-vous pas de compenser ce mal, vous qui voulez du bien, du moins il me semble, à Eugène Essendier?

Elle me regarda avec découragement.

– Mais je ne peux pas, madame! Il faudrait que l'amour y ait passé, entre Eugène et moi. Et il n'y a pas passé! Il n'y a jamais passé, jamais passé!

Elle tira de son sac un mouchoir et pleura en évitant de mouiller son petit jabot empesé. Je crus avoir tout compris. « Bon, bon, la jalousie... » Aussitôt les accusations de Rosita, et elle-même, me devinrent suspectes, et je tournai le bouton de ma lampe.

– Ce n'est pas pour me renvoyer, madame? demanda-t-elle avec anxiété.

– Pas du tout, pas du tout, dis-je mollement.

La vérité est que je supportais mal, sous la forte lumière de ma lampe, son visage aux yeux rouges, son chapeau chaviré en arrière comme celui d'une femme soûle. Mais Rosita n'avait qu'à peine commencé de parler.

– Eugène n'aurait jamais voulu de moi, dit-elle humblement. S'il avait voulu de moi, même une fois, je serais en situation de lutter contre elle, vous comprenez.

– Non, je ne comprends pas. J'ai tout à apprendre, comme vous voyez. Vous attribuez donc au fait d'avoir... d'avoir appartenu à un homme une telle importance?

Elle croisa ses bras sur ma table, tendit la tête vers moi d'une manière presque provocatrice.

– Et vous? Vous lui en attribuez donc si peu?

Je pris le parti de rire.

– Non, non, Rosita, je n'ai pas tant de légèreté, malheureusement. Mais je ne pense pas non plus que ça constitue un lien, que cela vous applique un sceau...

– Eh bien! vous vous trompez, et voilà tout. La possession vous donne le pouvoir d'appeler, de convoquer comme on dit. Vous n'avez donc jamais « appelé » personne?

– Si, dis-je en riant. J'ai dû tomber sur quelqu'un de sourd. On ne m'a pas répondu.

– Parce que vous n'avez pas assez appelé, pour le bon ou pour le mauvais. Ma sœur, elle, elle appelle.

Si vous la voyiez... Elle n'est pas reconnaissable. Aussi, elle fait du joli travail, je vous en réponds.

Elle se tut et, pendant un instant, cessa visiblement de penser à moi.

– Mais lui, Eugène, vous ne pouvez pas l'avertir?

– Je l'ai averti. Mais Eugène, c'est un sceptique. Il m'a dit qu'il avait assez d'une piquée, que la seconde piquée lui ferait bien plaisir en lui fichant la paix. Il a des poches sous les yeux, et il est couleur de beurre. De temps en temps il tousse, mais pas de la poitrine, il tousse par palpitations du cœur. Il m'a dit : « Tout ce que je peux faire pour vous, c'est de vous prêter *Fantomas*. C'est exactement votre affaire... » Comme quoi, ajouta Mlle Barberet avec un amer sourire, comme quoi les hommes les plus intelligents peuvent raisonner en imbéciles. Confondre des histoires fantastiques avec des choses aussi vraies... avec des manœuvres aussi meurtrières...

– Mais quelles manœuvres, à la fin? m'écriai-je.

Mlle Barberet déplia ses lunettes et les assujettit, bien calées dans les meurtrissures brunes qu'elles avaient marquées de chaque côté de son nez transparent. Son regard se fixa, reprit de l'assurance, une expression scrutatrice.

– Vous savez, murmura-t-elle, qu'il n'est jamais trop tard pour *appeler*? Vous avez bien compris qu'on peut *appeler* pour le bon ou pour le mauvais?

– Je le sais depuis que vous me l'avez dit.

Elle poussa ma lampe un peu de côté, se pencha vers moi davantage. Elle avait chaud, et rien ne m'est pénible comme l'odeur humaine, à moins que je ne la trouve – c'est très rare – enivrante. En outre, le vin auquel elle n'était pas habituée lui revenait par l'haleine. Je voulus me lever, mais déjà elle parlait.

Ce qui n'est écrit nulle part, sauf par des mains maladroites sur des cahiers d'écoliers, ou sur du papier quadrillé de gris, mince, coupé aux plis, jauni aux bords, cousu de coton rouge; ce que la sorcière légua au rebouteux, que le rebouteux vendit à l'obsédée d'amour, que l'obsédée céda à une autre maudite; ce que la crédulité et la mémoire souillée d'une fille pure peuvent recueillir dans les antres qu'une ville insondable ménage entre un cinéma neuf et un bar-express, je l'entendis, transmis, vanté à Rosita Barberet par des veuves victorieuses, de lubriques épouses, des fiancées délaissées et attentatoires, la rêverie effrénée des femmes seules...

– ... Vous dites un nom, rien que le nom, cent fois, mille fois le nom de la personne... Si loin qu'elle soit, elle finit par l'entendre. Sans manger, sans boire, le plus longtemps que vous pouvez tenir, vous dites le nom, pas autre chose que le nom... Vous ne vous souvenez pas, un jour, que Délia s'est presque trouvée mal? Je me suis doutée du coup... Dans notre quartier il y en a des tas qui répètent le nom...

Des chuchotements, une foi obtuse, et même une habitude du quartier, étaient-ce là les forces, les philtres qui procurent l'amour, décident de la mort et de la vie, déplacent cette altière montagne : un cœur indifférent?

– ... Un jour que vous avez sonné, et que ma sœur était par terre derrière la porte...

– Oui, je me rappelle... Vous m'avez demandé : « C'est vous, Eugène? »

– Elle m'avait dit : « Vite, vite, il vient, je le sens,

vite, il faut qu'il marche sur moi en entrant, c'est radical! » Mais c'était vous.

– Ce n'était que moi.

– Elle restait couchée là, vous ne me croirez pas, depuis plus de deux heures. Un peu après, la voilà qui se remet aux pointes. Les couteaux, les ciseaux, les aiguilles à broder... C'est très connu mais c'est dangereux. Si vous manquez de force, les pointes peuvent se retourner contre vous. Mais pensez-vous que *celle-là* manquera jamais de force? La vie qu'elle mène, j'en serais déjà morte, je n'ai pas de soutien, moi.

– Elle en a donc un?

– Bien sûr. Elle déteste. Ça la nourrit.

Cette Délia toute jeune, belle d'une beauté un peu rogue, sa joue douce qu'elle posait sur ma main... C'était la même qui jouait avec vingt petites foudres brillantes qu'elle voulait mortelles, et de leurs pointes aiguës elle traçait des fleurs en perles...

– ... Mais elle n'a plus brodé de sacs, elle s'occupait avec les aiguilles, dont elle salissait les pointes...

– Vous dites?

– Je dis, elle les salissait en les trempant dans un mélange.

Et Rosita Barberet entra dans la voie, semée d'ordures, où les pratiques d'une basse magie entraînent leurs fidèles. Elle y chemina sans sourciller, sans omettre un mot, car le dégoût n'est pas une vertu féminine. Elle ne permit point que j'ignorasse à quoi se pliait, dans l'espoir de nuire, sa jeune sœur – la même qui aimait les cerises fraîches... Toute jeune, un de ces corps un peu courts que les bras d'un homme étreignent aisément et, sous des cheveux noirs en boucles, la pâleur qu'un amant souhaite d'empourprer...

Heureusement, la conteuse bifurqua, se mit à parler seulement de mort, et je respirai. La mort n'est pas nauséeuse. Elle discourut sur la mort imminente de ce pauvre Eugène, qui ressemblait tellement à la mort du mari de la confiseuse! Et le pharmacien, donc, qui était mort tout noir!

– ... Vous voudrez bien reconnaître, madame, que le fait pour un pharmacien d'être arrangé comme ça par sa femme, c'est vraiment le monde renversé!

Je voulus bien le reconnaître. Même, j'y mis une étrange complaisance. Que m'importaient le pharmacien et le malheureux mari de la confiseuse? Je n'attendais plus de la narratrice minutieuse qu'une dernière image : Délia arrivant au carrefour où se rencontrent, parmi des vapeurs qui servent l'illusion de chacune, les servantes du pied fourchu...

– Au fait, et le diable, Rosita?

– Quel diable, madame?

– Le diable tout court, je pense. Est-ce que votre sœur lui donne un nom particulier?

Un honnête étonnement se peignit sur le visage de Rosita, et ses sourcils gagnèrent le haut de son grand front.

– Mais madame, qu'est-ce que vous allez chercher? Le diable, c'est pour les imbéciles. Le diable, pensez...

Elle haussa les épaules et, derrière ses lunettes, toisa Satan discrédité.

– Le diable! en admettant qu'il existe, en voilà un pour faire tout rater!

– Rosita, vous me rappelez en ce moment-ci une jeune femme qui disait : « Le bon Dieu, quelle blague!... Mais pas de plaisanteries devant moi sur la Sainte Vierge! »

– Chacun son idée, madame. Mon Dieu! huit heures moins dix... Vous avez été bien aimable de me recevoir, soupira-t-elle d'un ton où perçait sa déception.

Car je ne lui avais offert ni secours, ni complicité. Elle ramena – enfin – son chapeau sur son front. Je me souvins, à temps, que je n'avais pas payé son dernier travail.

– Une goutte de Lunel avant de vous mettre en route, mademoiselle Rosita?

Involontairement, en lui donnant de nouveau du « mademoiselle », je l'écartais de moi. Elle avala d'un coup le vin doré et je lui en fis compliment.

– Oh! j'ai la tête solide, dit-elle.

Mais, comme elle avait replié ses lunettes, elle me cherchait d'un œil vague et, en sortant, elle heurta le chambranle à qui elle fit un petit salut d'excuse.

L'air du soir entra à pleine fenêtre, dès qu'elle fut partie. Comptant pour fatigue authentique l'humeur excédée qui me venait de sa visite, j'eus le tort de me coucher tôt. Mes rêves s'en ressentirent et, par eux, je sus que je n'étais pas encore quitte des deux sœurs ennemies – ni d'un autre souvenir. Un songe à rechutes tantôt respecta ma personnalité authentique, tantôt m'identifia à Délia. Mi-étendue comme elle sur *notre* divan-lit, dans la partie sombre de *notre* chambre, je « convoquais » d'un appel puissant, d'un prénom mille fois répété, un homme qui ne s'appelait pas Eugène...

L'aube me vit couverte de ces larmes abondantes que nous versons dans le sommeil, et qui coulent encore lorsque, éveillés, nous ne savons plus remonter à leur source. Le prénom mille fois répété s'éteignait, perdait sa vertu nocturne. En moi-même je lui dis adieu, refoulai son écho jusqu'au petit appartement où j'avais aimé souffrir, et que j'abandonnais à d'autres existences féminines, étouffées, audacieuses, férues de conjurations, et sachant installer le maléfice entre la tâche quotidienne et le cinéma du samedi, entre la petite lessiveuse et l'escalope à la poêle...

Dès la fin de la courte nuit, je me promis de ne plus gravir le coteau parisien aux rues roides et gaies. La furtive allure de Rosita, sa gracieuse manière de poser, en marchant, son pied fin, et les deux petits rouleaux de cheveux qui badinaient sur son épaule, du jour au lendemain j'en fis un souvenir. Avec cette Délia qui ne voulait pas qu'on la nommât Adèle, j'eus un peu plus de peine. D'autant que je me mis, une quinzaine écoulée, à la rencontrer sans raison. Une fois, elle fouillait une boîte de petits coupons près de la porte d'un grand magasin, et trois jours après elle achetait des pâtes dans une épicerie italienne. Je la trouvai pâle et diminuée comme une convalescente qui sort trop tôt, nacrée sous les yeux, extrêmement jolie. Une houppe de cheveux, sur son front, frisait jusqu'aux sourcils. Quelque chose d'indicible, au fond de moi, s'agita, parla en sa faveur. Mais je ne répondis pas.

Une autre fois, je ne reconnus que sa démarche, en la voyant de dos. Nous suivions le même trottoir, et je dus ralentir mon allure pour ne point la dépasser. Car elle avançait par petits pas courts, puis faisait une pause, comme à bout de souffle, et repartait. Enfin, un dimanche que je revenais avec Annie de Pène du marché aux puces, et que chargées de trésors tels que lampes d'opaline et assiettes de Rubelles, nous nous reposions en buvant de la limonade, j'aperçus Délia Essendier. Elle portait une robe dont le noir, au soleil, tournait vers le violet, comme il arrive aux étoffes reteintes. Elle s'arrêta non loin de nous devant une friturerie en plein air, se fit emplir un grand cornet de frites et les mangea avec appétit. Après quoi elle resta un moment debout d'un air oisif. Le chapeau qu'elle portait rappelait, par sa forme, les béguins de la Renaissance, et, sous le petit menton romain de Délia, passait en jugulaire le bandeau de crêpe blanc des veuves.

Table

IMPRIMÉ EN FRANCE PAR BRODARD ET TAUPIN
Usine de La Flèche (Sarthe).
LIBRAIRIE GÉNÉRALE FRANÇAISE - 6, rue Pierre-Sarrazin - 75006 Paris.
ISBN : 2 - 253 - 05394 - 5 30/6834/3